SCHAFT VERTRAUTHEIT ZUS
ANDERSARTIGKEIT WETTBEWERB KORR
SICHERHEIT GEBORGENHEIT GEMEINSA VERG
ITÄT BESCHÜTZERINSTINKT ZW
EMPATHIE GEHEIMNIS GEFALL GE
ACE DIALOG INTIMITÄT
ATION FRIEDEN
NNUNG AU

Jörg Bernardy Freier Autor und Philosoph, schreibt Sachbücher und journalistische Texte für Jugendliche und Erwachsene. Er gibt Workshops und engagiert sich ehrenamtlich als Jugendschöffe am Amtsgericht St. Georg (Hamburg). Freundschaft gilt seiner Meinung nach nicht nur für Menschen, sondern auch Tieren und Natur.

Lisa Krusche Geboren 1990, studierte Kunstwissenschaft und Literarisches Schreiben. Sie lebt als freie Schriftstellerin in Braunschweig. Freund:innenschaft hält sie für die größtmögliche Utopie.

Dieses Buch ist erhältlich als
ISBN 978-3-407-75696-1 Print
ISBN 978-3-407-75697-8 E-Book

Lektorat: Matthea Dörrich
Einbandgestaltung: Martina Wagner
Herstellung: Nancy Aprile
Layout und Satz: Martina Wagner
Druck und Bindung: Beltz Grafische Betriebe, Bad Langensalza
Beltz Grafische Betriebe ist ein klimaneutrales Unternehmen (ID 15985-2104-100).
Printed in Germany
1 2 3 4 5 26 25 24 23 22

Weitere Informationen zu unseren Autor:innen und Titeln
finden Sie unter www.beltz.de

OHNE EUCH WÄR'S ECHT SCHEISSE

JÖRG BERNARDY / LISA KRUSCHE

BELTZ
& Gelberg

INHALTE

WAS WÄREN WIR OHNE UNSERE FREUND:INNEN?

Sie sind für uns da, wenn es uns nicht gut geht. Auf sie ist (fast) immer Verlass. Sie bringen uns zum Lachen. Sie kennen uns manchmal besser als wir selbst. Denn mit ihnen teilen wir Geheimnisse und die schönsten Erfahrungen unseres Lebens. Während die Liebe vergeht, bleiben sie bestehen: beste Freund:innen.

So reden wir gerne über Freundschaften. Und jede Freundschaftsstudie bestätigt es: Unsere Freund:innen zählen zu den wichtigsten Menschen in unserem Leben. Sie sind sogar wichtig für unsere Gesundheit. Menschen mit erfüllten Beziehungen leben anscheinend besser und länger. Kein Wunder, dass die alten Griech:innen vor 2.500 Jahren Freundschaft als eine Form von Liebe betrachteten. In allen Kulturen kommt die freundschaftliche Liebe vor.

Obwohl Freundschaften offenbar für Menschen weltweit wichtig sind, haben manche Menschen gar keine Freund:innen. Dazu kommt unser individueller Umgang mit Freundschaften. Einige pflegen ein Netzwerk mit sehr vielen Kontakten. Andere wiederum haben nur ein paar wenige Freund:innen. Aber nicht nur die Anzahl der Freundschaften schwankt, sondern auch die Intensität. Wie eng und regelmäßig muss der Kontakt sein, um wirklich befreundet zu sein? Sind sich beste Freund:innen ähnlich oder haben sie sehr unterschiedliche Persönlichkeiten? Unterscheiden sie sich in puncto Herkunft, Hautfarbe, Geschlecht, gesellschaftliche Klasse, Sexualität und Alter oder spiegeln sie uns selbst?

Wir haben uns als Gesellschaft an die Vorstellung gewöhnt, dass Freundschaften reine Privatsache sind. Diese Ansicht ist auch nicht falsch, aber sie vergisst einen wesentlichen Aspekt. Freundschaften sind auch politisch. Sie können sogar unseren Sinn für Gerechtigkeit verzerren. Stellt euch vor, ihr müsstet euch in einem Gedankenexperiment entscheiden, ob ihr fünf Menschen sterben lasst, die euch völlig fremd sind, oder vier Personen aus eurem Freund:innen- und Familienkreis. Die meisten würden wahrscheinlich versuchen, Familie und Freund:innen zu retten. In der Regel sind wir bereit, mehr für sie zu tun als für andere. Wir würden ihnen Geld leihen, für sie lügen und einen Nachteil für uns selbst in Kauf nehmen, um ihnen zu helfen.

Das Gedankenexperiment zeigt, wie parteiisch wir manchmal sind. Freundschaften und Familie können unsere ethischen Werte wie Objektivität und Gerechtigkeit aushebeln. Das wiederum kann kontraproduktiv für das Zusammenleben in einer Demokratie sein. Es läuft sogar dem Grundgesetz entgegen, denn eigentlich geht es ja darum, dass alle gleich behandelt werden (sollen).

In diesem Buch gibt es unterschiedliche Texte über Freundschaft. Die einen sind literarisch, erzählen Geschichten, Episoden, Eindrücke. Die anderen beleuchten das Thema aus soziologischer, philosophischer und gesellschaftspolitischer Perspektive. Sie zeigen, dass Freundschaften nicht nur private Gefühlssache sind, sondern grundlegend für den gesellschaftlichen Zusammenhalt.

Der französische Philosoph Jacques Derrida war sogar davon überzeugt, dass Freundschaft eine politische Aufgabe ist. In seinem Buch *Politik der Freundschaft* formulierte er das einmal so: »Der eigentlich politische Akt oder die eigentlich politische Handlung bestehen darin, soviel Freundschaft wie möglich zu stiften (hervorzubringen, herzustellen etc.).«

Was Freundschaft zu einer politischen Sache macht, ist ihre zentrale Rolle in der Demokratie. Es ist ja nicht so, dass wir einfach als Freund:innen und Demokrat:innen geboren werden und danach läuft alles ganz von allein. Freundschaft und Politik sind offene Prozesse, die im Prinzip niemals an ein Ende kommen. Sie entwickeln sich immer weiter und haben viele Überschneidungen.

Aus Freundschaften können gemeinsame politische Ideen und Projekte entstehen und aus einer politischen Zusammenarbeit können echte Freundschaften hervorgehen. Beide funktionieren nur im Miteinander, nicht allein. Auch Staaten können befreundet sein. Für die Philosophin Hannah Arendt steht daher das Gespräch im Mittelpunkt von Freundschaften und von Demokratien. Sie meinte einmal: »Politik handelt vom Zusammen- und Miteinandersein der Verschiedenen.«

Nur wer sich in Gesprächen mit anderen Menschen, deren Interessen und Sichtweisen auseinandersetzt, kann verstehen, wie dieses Miteinandersein der Verschiedenen funktioniert. Wenn wir die Hintergründe und Mechanismen von Gesellschaft und Politik durchschauen, können wir besser mitbestimmen, mehr teilhaben und uns für das engagieren, was uns wichtig ist.

Demokratie bedeutet die Herrschaft des Volkes. Sie beruht also auf der Macht der Vielen, darauf, dass wir uns austauschen und gemeinsam darüber verhandeln, wie wir zusammenleben wollen. Wer mitmischen will, muss sich vernetzen, auf andere zugehen, Freundschaften eingehen, Verbündete suchen und sich selbst und die eigene Meinung immer wieder hinterfragen.

Demokratien und Freundschaften leben aber nicht nur davon, dass wir uns gegenseitig kritisieren und um die besten Ideen und Lösungen streiten. Politik und Freundschaften gelingen nur, wenn wir auch bereit sind, Kompromisse einzugehen und gemeinsam zu handeln – nicht trotz, sondern mit allen Verschiedenheiten.

GELD ODER GLÜCK

EINE GARTEN-WG FÜR DIE FREUNDSCHAFT?

Vor vielen Jahrhunderten hatte der griechische Philosoph Epikur eine revolutionäre Idee, die bis heute unsere Vorstellung von Freundschaft beeinflusst. Um 306 vor Christus kaufte er sich ein Haus mit Garten am Rand von Athen, ließ sich dort nieder und wagte ein genauso einfaches wie radikales Experiment. Er eröffnete seine eigene Lebensschule, die allen Menschen als Freundeskreis offenstand. Zutritt hatten alle, die sich diesem Kreis anschließen wollten. Das schloss auch Frauen und Sklaven ein, die zu dieser Zeit grundsätzlich nicht als gleichwertig freie Menschen und Bürger:innen galten.

In Epikurs Schule standen nicht Mathematik, Fremdsprachen oder Geografie auf dem Lehrplan, sondern die großen Fragen des Lebens. Wie kann man ein einfaches Leben mit möglichst wenig Schmerz und möglichst viel Freude führen? Wie geht ein glückliches Leben und welche Rolle spielt die Freundschaft dabei? Epikur erkannte schon damals, dass man für solche Fragen die biologischen und psychologischen Bedürfnisse der Menschen einbeziehen muss. Das heißt, ohne die kleinen Freuden des Alltags wie essen, zuhören und zusammen lachen geht schon mal gar nichts.

Außerdem ging er davon aus, dass intime Beziehungen und enge Freundschaften glücklicher machen als materieller Besitz, Geld und Macht. In Epikurs Worten klingt das ungefähr so: »Weder größter Reichtum noch Ehre und Ansehen bei der Menge, noch irgend etwas anderes, was unbegrenzte Begierde erstreben mag, löst die Unruhe der Seele und bringt ihr wirkliche Freude.« Egal, wie reich wir sind, und egal, wie »wichtig« unser Status in der Gesellschaft ist, es gibt kein glückliches Leben ohne Freund:innen. Oder, wie Epikur schreibt: »Von den Dingen, die die Weisheit für die Glückseligkeit des ganzen Lebens verschafft, ist der Gewinn der Freundschaft das bei Weitem Wichtigste.«

EPIKUR WUSSTE BEREITS VOR 2.500 JAHREN, WAS DIE PSYCHOLOGIE HEUTE WISSENSCHAFTLICH BELEGEN KANN

Das Thema Freundschaft stand in der Gartenschule von Epikur daher ganz oben auf der Agenda. Es gab Gespräche darüber, und man überlegte gemeinsam, was Freundschaften eigentlich ausmacht. Entsprechend sah auch das Zusammenleben im Haus mit Garten aus. Die meisten Aktivitäten unternahm man gemeinsam. Man las Epikurs Texte und diskutierte darüber. Aber man arbeitete auch zusammen im Garten, kochte und aß gemeinsam. Eigentlich teilte man fast alles, was dem Freundeskreis von Epikur übrigens bereits damals den Ruf einer Kommune einbrachte. Die Kommunenmitglieder zogen sich aus dem öffentlichen Leben weitestgehend zurück und vermieden allzu großen Kontakt zu Politik und Gesellschaft. Wer nicht in der Nähe wohnte, aber dennoch am Freundeskreis teilhaben wollte, konnte sich mit Briefen schriftlich an Epikur wenden.

Am besten stellt man sich Epikurs Gartenschule wie eine große WG vor, in der man sich traf, um Freunde zu finden, die nach ähnlichen Werten lebten wie man selbst. Innerhalb der WG war es üblich, dass man sich mit Rat und Tat zur Seite stand und sich auch bei finanziellen Problemen gegenseitig unterstützte. Insgesamt reduzierte man aber sein Streben nach Geld und Erfolg und versuchte, ein möglichst einfaches und bescheidenes Leben zu führen. Viele von Epikurs Thesen sind bis heute unumstritten. Zum Beispiel, dass Freundschaften unser Leben besser, lustvoller und leichter machen. Die Gemeinschaft war für ihn außerdem wichtiger als alles andere drum herum: »Man muss eher prüfen, mit wem man isst und trinkt, als was man isst und trinkt.« Mit Aussagen dieser Art hat Epikur bereits damals einen Nerv getroffen. Egal, wie schlecht das Essen oder der Ort auch sein mögen, mit den richtigen Menschen wird man trotzdem eine gute Zeit haben.

WARUM UNS EPIKURS GARTEN-WG BIS HEUTE INSPIRIERT

Vielleicht sollte man noch erwähnen, dass Freundschaft in Zeiten von Epikur als eine Form von Liebe angesehen wurde. Für Epikur und viele andere Philosophen galt die Freundschaft sogar als höchste Form der Liebe. Außerdem waren die Zeiten von Epikur politisch gesehen sehr unsicher und turbulent. Die griechischen Stadtstaaten hatten gerade ihre Freiheit verloren und die Bewohner:innen hatten Angst vor der fremden Besatzungsmacht. Sie sehnten sich nach Stabilität, Frieden und Schutz. All das erklärt auch ziemlich gut, warum so viele Menschen ein Bedürfnis nach Ruhe und Rückzug hatten.

Man sollte Epikurs Lebensschule heute nicht unhinterfragt verherrlichen. So waren Epikurs Schüler:innen zum Beispiel dafür bekannt, dass sie ihren Lehrer wie einen Meister oder spirituellen Guru verehrten. Sie lernten seine Lehren teilweise auswendig und wiederholten sie, ohne die Gedanken jemals kritisch zu prüfen. Trotzdem lassen sich bis heute noch ein paar Dinge von Epikur lernen.

Erstens die Erkenntnis, wie wichtig Freundschaften für unser Leben sind. Materielle Dinge, Erfolg und Reichtum sind häufig überschätzt. Zumindest insofern wir glauben, dass sie uns wirklich glücklich machen. Viel wichtiger ist die Summe unserer Erfahrungen, die wir im Laufe unseres Lebens sammeln, und all die kostbaren Momente, die wir gemeinsam mit unseren Freund:innen erleben.

Zweitens die Tatsache, dass Freundschaft kein Selbstläufer ist und dass wir sie aktiv pflegen können. Freundschaften passieren nicht nur einfach, sie brauchen auch Zeit und Raum zur gemeinsamen Gestaltung. Zu diesem Zweck hatte Epikur ja auch das Haus mit Garten gekauft.

Und drittens können wir mit anderen Menschen freundschaftlich verbunden sein, ohne enge Freund:innen zu sein. Genauso wenig muss man miteinander befreundet sein, um freundschaftlich miteinander umzugehen. In Epikurs grüner Lebensschule sollte übrigens genau das vermittelt werden: ein freundschaftlicher Umgang und eine freundschaftliche Verbundenheit mit allen Menschen.

EINMAL STANDEN
STURMTIEF UND
FLOGEN UNS UM
WIR WURDEN
ERFASST, DIE
SCHIEDLICHE
RISSEN

WIR IN EINEM
DIE DINGE
DIE OHREN UND
VON WINDEN
UNS IN UNTER
RICHTUNGEN

SELBST ALS DIE
DURCH DIE
SCHIEN DIE
BRÜCKBAR. ABER
DICH EINFACH
SOFORT MUSSTEN
LACHEN WIE

SONNE WIEDER
WOLKEN BRACH,
DISTANZ UNÜBER-
DANN HABE ICH
ANGERUFEN UND
WIR DARÜBER
DUMM WIR
WAREN

FREUNDSCHAFT & SOZIALES KAPITAL

BESTIMMT UNSER NETZWERK, WIE BELIEBT UND ERFOLGREICH WIR SIND?

Wer viele Freund:innen und ein großes Netzwerk hat, ist erfolgreicher im Leben und hat mehr Möglichkeiten. Das zumindest ist eine der Hauptthesen von Dale Carnegie, einem US-amerikanischen Autor und Redner, der 1936 einen berühmten Ratgeber unter dem Titel *Wie man Freunde gewinnt* veröffentlichte und damit bis heute ein Millionenpublikum erreicht. Ursprünglich hatte Dale Carnegie *Wie man Freunde gewinnt* als Lehrbuch für seine Kurse geschrieben. Mehr als 40 Jahre lang, von 1912 bis zu seinem Tod im Jahr 1955, hat Carnegie Seminare gegeben, in denen man freies Sprechen und einen besseren Umgang mit anderen Menschen lernen konnte.

Sein Ratgeber ist voller Glücksversprechen für ein erfolgreiches Leben, womit Carnegie (nicht nur) damals einen Nerv trifft. In einer Zeit, die geprägt ist von Wirtschaftskrisen, Armut, politischen Unruhen und nicht zuletzt dem heraufziehenden Zweiten Weltkrieg, wächst die Sehnsucht der Menschen nach Erfolg, Beliebtheit und Glück. Mit einfachen Mitteln ein erfolgreiches und glückliches Leben führen, indem man andere Menschen für sich einnimmt – diese Vorstellung wirkt bis heute auf viele Menschen sehr verlockend. Indem wir unser eigenes Verhalten anpassen und verändern, so will Carnegie es seinen Leser:innen verkaufen, können wir Freund:innen gewinnen und Menschen beeinflussen. Bekannte, Freund:innen und Kolleg:innen werden damit zu einer Ware oder zu einer Währung, die uns dabei helfen soll, erfolgreich, beliebt und einflussreich zu werden.

Wie man Freunde gewinnt ist voller Grundregeln für den Umgang mit Menschen, wie zum Beispiel: »Kritisieren, verurteilen und klagen Sie nicht«, »Geben Sie ehrliche und aufrichtige Anerkennung« und »Wecken Sie in andern lebhafte Wünsche«. Wer nach diesen Regeln lebt, kann laut Carnegie die eigene Beliebtheit steigern. Damit aber nicht genug. Eine der wichtigsten Grundregeln für einen großen Freund:innenkreis und für ein dauerhaftes Glücksgefühl lautet folgendermaßen: »Bestärke den andern immer in seinem Selbstgefühl.« Man kann sich mit Recht fragen, wie das überhaupt möglich sein soll, andere permanent zu bestärken. Außerdem führt dieses Verhalten im Extremfall dazu, dass wir nur noch Dinge sagen und tun, um anderen zu gefallen. Die Regel klingt letztlich eher nach Manipulation und Berechnung als nach Glück, denn man kann andere ja auch einzig aus dem Grund bestärken, um die eigenen Interessen durchzusetzen. Das wäre dann wiederum sehr anstrengend und würde wohl kaum dauerhaft glücklich machen.

Trotzdem ist die Perspektive von Dale Carnegie äußerst spannend und wegweisend für die Soziologie des 20. Jahrhunderts. Er ist nämlich einer der ersten Autor:innen, die Freundschaft und soziale Netzwerke systematisch als Ressource und Kapital betrachten. In der sozialwissenschaftlichen Erforschung von Netzwerken ist diese Betrachtungsweise mittlerweile Standard. Laut der Kapitaltheorie des französischen Soziologen Pierre Bourdieu (1930–2002) gibt es neben dem ökonomischen Vermögen wie Geld auch kulturelles und soziales Kapital. Während kulturelles Kapital Bildung, soziale Kompetenzen und Allgemeinwissen umfasst, versteht Bourdieu unter sozialem Kapital vor allem den Zugang zu Freizeitbeschäftigungen, Chancen, Informationen und sozialen Kreisen. Konkret bedeutet das: Man verschafft sich über soziale Beziehungen Möglichkeiten, die ohne diese Beziehungen nicht oder nicht so einfach möglich wären. Zum Beispiel, wenn uns die Kollegin unseres Vaters einen Praktikumsplatz besorgt, obwohl im Unternehmen eigentlich keine Plätze vergeben werden. Oder wenn wir über Bekannte einen großzügigen Freundschaftsrabatt auf bestimmte Produkte erhalten, der normalerweise nur für Firmenangestellte gilt.

In seinem Werk *Die feinen Unterschiede. Kritik der gesellschaftlichen Urteilskraft* definiert Pierre Bourdieu soziales Kapital als »die Gesamtheit der aktuellen und potenziellen Ressourcen, die mit dem Besitz eines dauerhaften Netzes von mehr oder weniger institutionalisierten Beziehungen gegenseitigen Kennens oder Anerkennens verbunden sind; oder, anders ausgedrückt, es handelt sich dabei um Ressourcen, die auf der Zugehörigkeit zu einer Gruppe beruhen«. Und hier wird auch bereits die politische Dimension deutlich. Wir kommen nicht alle mit dem gleichen sozialen Kapital auf die Welt. Die Möglichkeiten unserer Zugehörigkeit werden am Anfang unseres Lebens maßgeblich bestimmt von unserer sozialen Herkunft, also von unserer Familie und der sozialen Schicht, in der wir aufwachsen. Soziales Kapital und Bildung werden laut Bourdieu daher von Generation zu Generation häufig einfach vererbt.

Den Einfluss des Elternhauses kann man zum Beispiel an der 18. Shell Jugendstudie aus dem Jahr 2019 ablesen. In Deutschland strebten etwa 81 Prozent der jungen Erwachsenen und Jugendlichen das Abitur an, wenn der eigene Vater selbst einen höheren Schulabschluss besaß. Bei Eltern mit einem mittleren Schulabschluss machten 55% der Jugendlichen Abitur. Bei Eltern mit einem einfachen oder gar keinem Abschluss waren es nur noch 39%. Die Tendenz der Daten ist ziemlich eindeutig: Je geringer die Bildung der Eltern, desto geringer die Wahrscheinlichkeit, dass die Kinder einen höheren Bildungsabschluss machen. Was wiederum bedeutet, dass sich die Aufstiegschancen und die Möglichkeit auf ein Hochschulstudium verringern, wenn die Eltern wenig soziales Kapital und Bildung haben. Eine ähnliche Entwicklung gibt es übrigens auch bei der sozialen Vererbung von Armut. Laut einer Langzeitumfrage der AWO (Arbeiterwohlfahrt) aus dem Jahr 2019 lebt jedes dritte Kind, das in einer einkommensarmen Familie aufwächst, auch 20 Jahre später als junger Erwachsener noch in materieller Armut.

JE GRÖSSER DAS NETZWERK, DESTO GRÖSSER DIE ERFOLGS-WAHRSCHEINLICHKEIT

Aber wie genau können Beziehungen für uns nun soziales Kapital sein? Inwiefern lassen sich Bekanntschaften und Beziehungen »als Währung nutzen«? In der Diskussion um das Sozialkapital machen Forscher:innen eine interessante Unterscheidung. Während sie bei Freundschaften und engen Beziehungen vor allem von »sozialer Unterstützung« sprechen, sieht man das Sozialkapital im Sinne einer Währung vielmehr im Zusammenhang mit sozialen Netzwerken aus losen Bekanntschaften. In engen Freundschaften geht es also vor allem um gegenseitige Unterstützung und Vertrauen. Über soziales Kapital hingegen verfügen wir, wenn wir zu einer Party eingeladen werden, wenn unsere Eltern eine solide Allgemeinbildung und Freund:innen mit einem Hochschulstudium haben. Oder wenn wir in den Wohnungen von Freund:innen an teuren Orten dieser Welt übernachten und dort Urlaub machen können. Genauso handelt es sich um soziales Kapital, wenn wir Verwandte oder Bekannte im Ausland haben. Und nicht zuletzt helfen uns soziale Netzwerke dabei, einen gut bezahlten Ferienjob zu bekommen. Natürlich gibt es hier Überschneidungen und auch die Eltern unserer besten Freund:innen können uns einen coolen Ferienjob vermitteln oder uns mit in den Urlaub nehmen. Statistisch betrachtet kommt das allerdings seltener vor, als man vielleicht denkt.

So hat der amerikanische Soziologe Mark Granovetter in einer berühmten Studie aus dem Jahr 1973 herausgefunden, dass die zahlreichen losen Kontakte in unserem Netzwerk, also die Menschen, die wir nur flüchtig kennen, manchmal wichtiger sein können als unsere engen Kontakte. In der Forschung läuft dies unter dem Schlagwort »strength of weak ties« (Stärke der schwachen Kontakte). Vor allem für beruflichen Erfolg und für berufliche Netzwerke gilt laut Granovetter: Viele Chancen, Angebote und Möglichkeiten kommen häufig nicht durch unsere engen Freund:innen, sondern es sind unsere sogenannten »schwachen Kontakte«, die uns in unserer beruflichen Laufbahn, sei es in der Wirtschaft oder in politischen Organisationen, weiterbringen.

Zugespitzt könnte man sagen, dass das Netzwerk ab einem bestimmten Punkt wichtiger wird als die Leistungen und Fähigkeiten, die man mitbringt. In der Forschung spricht man hierbei auch vom Matthäus-Effekt, der auf einen Satz aus dem Matthäusevangelium anspielt: »Denn wer da hat, dem wird gegeben.« Heißt auf das soziale Kapital angewendet: Wer Freund:innen hat, die beliebt sind, ist selbst angesehener. Wer Freund:innen mit vielen Followern hat, die Posts liken und featuren, hat bald selbst auch mehr Follower. Besonders stark trifft der Matthäus-Effekt daher auf sehr erfolgreiche Unternehmen, bekannte Influencer:innen und politische Bewegungen zu. Wer einmal einen großen Erfolg feiert und über die persönlichen Netzwerke hinaus Bekanntheit erlangt, kann darauf aufbauen und wird auch in Zukunft davon profitieren.

Auch wenn wir manchmal das Gefühl haben, mit unseren besten Freund:innen könnten wir alles erreichen und gemeinsam die ganze Welt umkrempeln; auch wenn die meisten von uns in ihren engen Beziehungen das größtmögliche Maß an Vertrautheit und Unterstützung erleben – die Forschung zeigt, dass wir uns nicht allein auf unsere engsten Freund:innen und Bekannte verlassen sollten. Um etwas zu bewegen und voranzukommen, braucht es auch die losen

Bekanntschaften. So stellt Mark Granovetter die These auf, dass politischer Widerstand nur dann funktioniert, wenn er von einem großen Netzwerk mit vielen schwachen Kontakten ausgeht. Die Bewegung *Fridays for Future* zum Beispiel wäre ja nicht so erfolgreich, wenn dahinter nur ein Kreis enger Freund:innen stünde. Es wären viel zu wenig Menschen. Stattdessen ist es eine lose verbundene Menge Leute, die sich um dasselbe Ziel versammeln und die darauf angewiesen sind, dass es immer mehr werden, um politisch etwas bewegen zu können.

Zurück zur Ausgangsthese von Dale Carnegie: Soziale Netzwerke und die Anzahl unserer losen Kontakte bestimmen bis zu einem gewissen Grad über Erfolg und Beliebtheit. Das bedeutet aber im Umkehrschluss nicht, dass wir alles steuern können, indem wir ein paar Verhaltensregeln befolgen. Das soziale Kapital ist ähnlich wie Geld und vererbtes Kapital auch eine Frage der sozialen Gerechtigkeit. Denn in einer gerechten Gesellschaft sollte unser Erfolg nicht nur von den persönlichen Netzwerken abhängen, die wir aufgrund unserer Herkunft mitbringen oder weil wir einfach begnadete Ausnahmetalente im Netzwerken sind. Chancengleich sind wir als Gesellschaft erst dann, wenn auch Menschen mit wenig sozialem Kapital eine reale Chance erhalten, sich politisch und gesellschaftlich einzubringen. Noch vor 50 Jahren wäre es unvorstellbar gewesen, dass eine Person mit Asperger-Syndrom wie Greta Thunberg eine so große Rolle auf der politischen Bühne einnimmt. Ebenso unwahrscheinlich wäre der Erfolg von Felix Lobrecht gewesen, der mit seinem alleinerziehenden Vater und zwei Geschwistern in einem sozial benachteiligten Viertel von Neukölln aufgewachsen und jetzt erfolgreicher Comedian ist. Jugendbewegungen, Nichtregierungsorganisationen und die Comedy-Szene sind auch deshalb politisch, weil dort Stimmen Gehör finden, die ansonsten im politischen Alltag der Bundesregierung keine Rolle spielen.

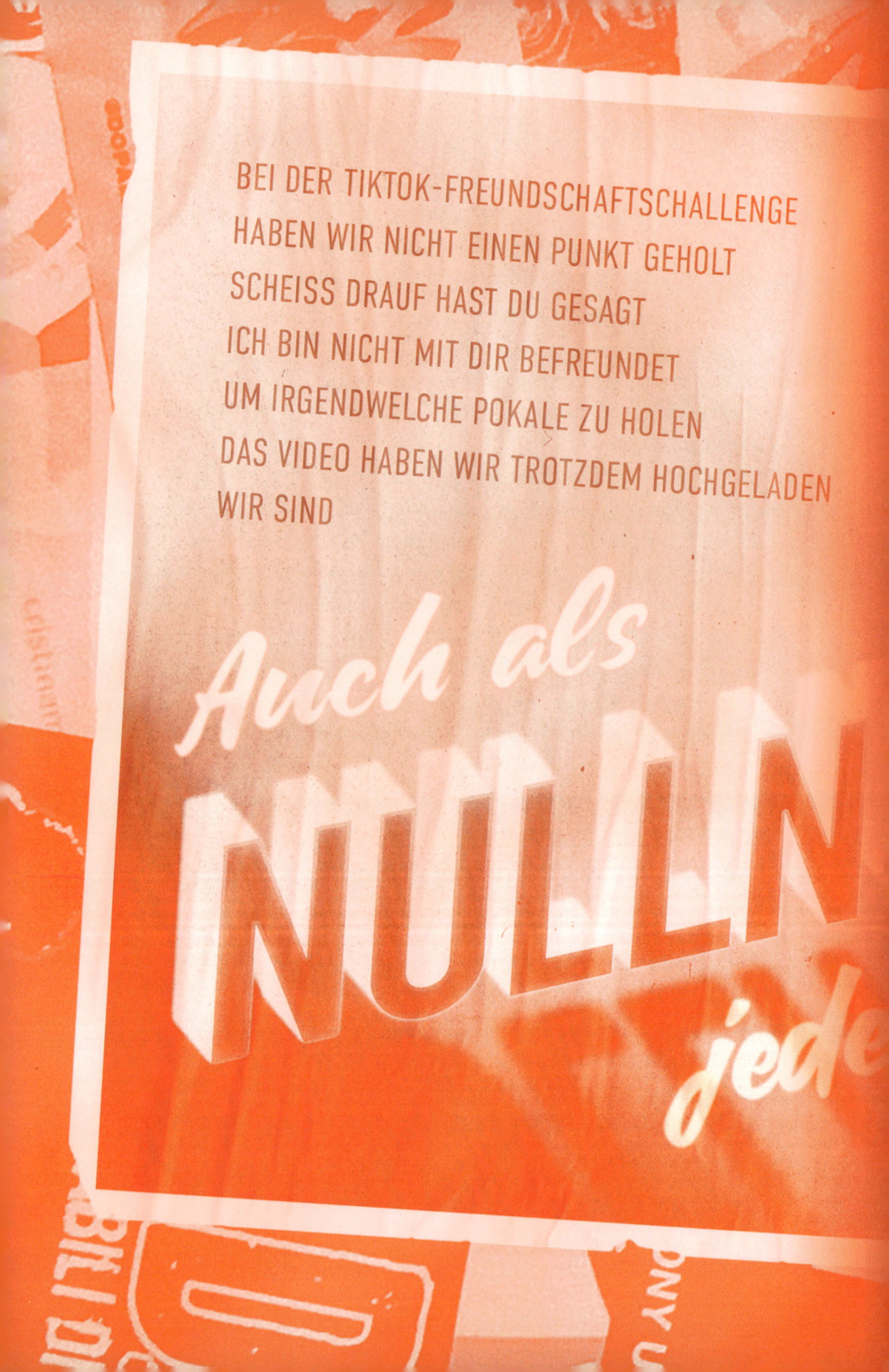
BEI DER TIKTOK-FREUNDSCHAFTSCHALLENGE
HABEN WIR NICHT EINEN PUNKT GEHOLT
SCHEISS DRAUF HAST DU GESAGT
ICH BIN NICHT MIT DIR BEFREUNDET
UM IRGENDWELCHE POKALE ZU HOLEN
DAS VIDEO HABEN WIR TROTZDEM HOCHGELADEN
WIR SIND
Auch als
NULLN
jede

UMMERN
Klick wert

VERNETZTES ICH

WER ODER WAS BRINGT BEDEUTUNG IN DIE WELT?

»Die wirksamste Methode, seine Heiterkeit zurückzugewinnen, wenn man sie verloren hat, besteht deshalb darin, sich so zu verhalten, zu handeln und zu sprechen, als ob man bereits wieder fröhlich wäre« – dieser Satz stammt von dem amerikanischen Philosophen und Psychologen William James (1842–1910). Er gilt als der Begründer des berühmten *Fake it till you make it*-Prinzips. Übersetzt heißt das so viel wie: »Tu so lange so, als ob, bis du es geschafft hast«, »Tu, als ob, bis du es kannst« oder auch »Tu so, dann wirst du so«.

Das Prinzip lässt sich auf folgende Formel runterbrechen: Willst du Gefühl x erleben, dann verhalte dich einfach so, als ob du Gefühl x schon fühlst. Im Notfall kannst du das Gefühl x auch simulieren, bis du Gefühl x dann irgendwann auch real erlebst. Hier ein paar Beispiele: Willst du dich selbstsicher fühlen, dann verhalte dich wie eine selbstsichere Person. Zur Not: Schauspielere und simuliere Selbstsicherheit, um selbstsicher zu werden. Willst du mehr Freund:innen, dann verhalte dich wie eine Person, die viele Freund:innen hat, usw. Auf die Spitze getrieben hat dieses Prinzip der amerikanische Ratgeber- und Bestsellerautor Dale Carnegie (1888–1955). Er behauptete, dass man diese Formel sogar auf das Glück anwenden kann. »Jeder Mensch sucht nach Glück – und es gibt einen sicheren Weg, es zu finden«, schreibt er in *Wie man Freunde gewinnt*. »Man muss seine Gedanken kontrollieren. Glück hängt nicht von äußeren Umständen ab, sondern von unserem inneren Zustand.« Damit vertritt er eine These, die bis heute weit verbreitet ist: Glücklich sein ist eine aktive Entscheidung und glücklich werden können wir nur aus uns selbst heraus.

Auch heute gibt es viele Autor:innen, Youtuber:innen, Podcaster:innen, Influencer:innen, Lebens- und Motivationscoaches, die genau diesen Ansatz propagieren. Um glücklich zu werden, so heißt es dann oftmals, soll man sich nach innen richten und sich selbst zuwenden. Man soll auf seine eigenen Bedürfnisse hören, sich selbst lieben und bestätigen – und dann sei das Glücklichsein quasi garantiert und vorprogrammiert. Meist läuft das alles unter Selfcare (Selbstfürsorge) oder Achtsamkeit, wogegen auch zunächst einmal gar nichts einzuwenden ist. Sobald diese Strategien der Selbstfürsorge aber zu reiner Selbstoptimierung und zur Steigerung des eigenen Vermögens führen sollen, hat das mit Achtsamkeit oder Fürsorge häufig nicht mehr viel zu tun.

Sehr wahrscheinlich ist das mit dem glücklichen Leben einzig und allein aus uns selbst heraus sowieso etwas komplizierter. Dem gegenüber steht nämlich zum Beispiel die Erkenntnis aus Psychologie und Soziologie, dass wir nur im Zusammenleben mit anderen Menschen glücklich werden können. Einige Forscher:innen behaupten sogar, dass wir uns für unser Glück gegenseitig brauchen. Man stelle sich nur mal vor, es gäbe tatsächlich nur einen selbst auf der Welt. Wie würde man sich definieren? Was würde einen ausmachen? Dazu braucht man den Vergleich mit anderen. Nur im Vergleich erlebt man sich als groß oder klein, mutig oder schüchtern, als mehr oder weniger glücklich und so weiter.

Wir sind, wie es der griechische Philosoph Aristoteles einmal formuliert hat, soziale Wesen. Wenn wir überleben wollen, haben wir gar keine andere Option, als in den unterschiedlichsten Beziehungen zu leben. Mit anderen Menschen, mit Tieren, mit der Natur und mit Gegenständen aller Art. Im südafrikanischen Dokumentarfilm *Mein Lehrer, der Krake* beginnt ein Filmemacher eines Tages mit dem Tauchen. Vor der Küste Südafrikas inmitten von Algen begegnet er einem Oktopus-Weibchen und zwischen den beiden entsteht eine ungewöhnliche Freundschaft. Es gelingt ihnen, miteinander zu kommunizieren, und sie unternehmen gemeinsame Ausflüge unter Wasser. Offenbar akzeptiert auch das Oktopus-Weibchen den Menschen als Freund und entwickelt ihm gegenüber Neugierde, Interesse und Vertrauen.

BEZIEHUNGEN SIND DER KLEBSTOFF, DER UNS MIT DER WELT VERBINDET.

Wir stehen nicht nur in Beziehungen mit anderen Menschen, sondern auch mit Tieren, Dingen, Orten, Gegenständen und Maschinen. Wir haben Lieblingsmenschen, Lieblingsorte und Lieblingsbeschäftigungen, ohne die unser Leben sinnlos wäre. In Zukunft könnten wir möglicherweise sogar mit Roboter:innen und künstlicher Intelligenz befreundet sein. Vielleicht werden wir uns eines Tages sogar in humanoide Roboter:innen mit künstlich erzeugtem Bewusstsein verlieben, sie heiraten und mit ihnen unser Leben verbringen? Auch wenn es in Japan schon vorgekommen ist, dass ein Mensch eine Sexpuppe, ein Hologramm oder eine Comicfigur geheiratet hat, ist das Heiraten von Robotern (mit künstlichem Bewusstsein) bisher aber noch mehr Science-Fiction als Realität.

»Wir leben in einer Welt sinnvoller Beziehungen«, schreibt der in Wien geborene Arzt und Psychologe Alfred Adler (1870–1937) in seinem Buch *Wozu leben wir?*. Für Menschen ist ein Stück Holz nicht einfach nur ein Stück Holz. Das Wort ›Holz‹ erhält seine Bedeutung ›Holz‹ erst in seiner Beziehung zum Menschen, so Adler. »Wir erfahren keine reinen Sachverhalte, wir erfahren immer Sachverhalte in ihrer Bedeutsamkeit für den Menschen.« Das heißt, wir können gar nicht anders, als permanent Bedeutungen und Sinn in die Welt hineinzulegen. Eine Welt ohne Bedeutung gibt es für uns nicht, weil wir sie ständig mit Bedeutung aufladen. Oder, wie Adler meint: »Wenn ein Mensch versuchen wollte, den Bedeutungen zu entrinnen und sich nur den Sachverhalten zu widmen, wäre er sehr unglücklich: Er würde sich von seinen Mitmenschen isolieren, seine Handlungen würden weder ihm selbst noch sonst jemandem nützen, sie wären, mit einem Wort, sinnlos.«

Dass wir unsere Umwelt in Beziehungen wahrnehmen und denken, spiegelt sich auch in unserer Sprache wider. So gibt es zahlreiche Pronomen, mit denen wir unsere Beziehungen zueinander definieren, wie »ich«, »du«, »er«, »sie«, »mich«, »dich«, »wir«, »unser«, »euer« und »ihr«. Mit den sogenannten Relativpronomen »der«, »die«, »das«, »dem«, »deren« oder »dessen« beziehen wir uns außerdem permanent auf andere Menschen, Gegenstände, Tätigkeiten und Dinge in der Welt.

Taucht ein »Ich« in einem Satz auf, steht es immer in einem bestimmten Verhältnis zu anderen Worten. Genau genommen bezieht sich in der Sprache jedes »Ich« auf etwas anderes. Diese Tatsache hat den österreichisch-israelischen Religionsphilosophen Martin Buber zu folgender These veranlasst: »Es gibt kein Ich an sich, sondern nur das Ich des Grundworts Ich-Du und das Ich des Grundworts Ich-Es.«

Was der jüdische Philosoph damit meinte, ist Folgendes: Immer, wenn wir »Ich« sagen, positionieren wir uns damit in der Welt und setzen uns in ein Verhältnis zu einem anderen »Du« oder »Es«. Die beiden Wortpaare »Ich-Du« und »Ich-Es« nennt er daher auch die wichtigsten »Grundworte« unserer Sprache. Genauer gesagt drücken sie unsere Grundhaltung gegenüber der Welt aus. »Das Grundwort Ich-Du stiftet die Welt der Beziehungen«, schreibt Buber in seiner Schrift *Ich und Du*. Wer die eigene Identität erforschen möchte, wird daher nicht drum herumkommen, sich alle Reaktionen und Beziehungen anzuschauen, durch die wir mit der Welt verbunden sind. Das »Ich-Es« steht für die Beziehung mit den Dingen, das »Ich-Du« für unsere Beziehung mit anderen Lebewesen.

Verbindungspunkte mit der Welt gibt es übrigens mehr als genug: Unsere Füße berühren beim Gehen und Stehen den Boden, unsere Augen richten sich auf unsere direkte Umgebung und unsere Hände berühren Oberflächen von Gegenständen und geben anderen Menschen die Hand. Indem wir atmen, sind unsere Körper in ständigem Austausch mit der Luft. Wir denken an andere Menschen, sprechen mit Tieren, kommunizieren über Whatsapp und Smartphone, schauen die gleichen Serien und hören die gleiche Musik. Und reisten wir zur ISS-Raumstation, würden wir alle unseren blauen und zerbrechlichen Heimatplaneten sehen, auf dem bisher jeder Mensch in der Geschichte der Menschheit gelebt hat. Ob wir in der Natur sind oder in der Stadt, im Urlaub oder zu Hause, in jeder Situation stehen wir in einer »Ich-Es« oder »Ich-Du«-Beziehung zu unserer Umgebung, wie Martin Buber es ausdrücken würde.

Übrigens betonen auch Psycholog:innen immer wieder, dass Menschen ohne Beziehungen gar keine eigene Identität entwickeln würden. Natürlich hat jede:r von uns eine eigene, das heißt, individuelle Persönlichkeit. Menschen sind Individuen, was soviel bedeutet wie »ungeteilte Wesen« oder »Einzelwesen«. Aber als Individuen existieren wir eben nicht unabhängig von anderen. Das zeigt sich schon allein daran, dass wir permanent im Austausch mit anderen stehen. Außerdem wohnen, verreisen und leben wir selten allein, meist sind andere dabei, seien es Eltern, Geschwister, Verwandte oder Freund:innen. Das ist genau das, was Aristoteles, Alfred Adler und Martin Buber meinten.

HOME IS WHERE YOUR HEART IS

Man könnte es aber auch noch drastischer ausdrücken: Wir brauchen andere, um wir selbst zu sein. Erst in Gemeinschaft und in Beziehung mit anderen können wir uns ausprobieren und verschiedene Rollen einnehmen. Andere Personen machen daher auch einen Teil unserer Identität aus und zwar ganz konkret in der Gestalt von gemeinsamen Erfahrungen, Erinnerungen und Erlebnissen. Auf dieselbe Art und Weise machen wir auch einen Teil der Identität anderer aus. Das wiederum bedeutet, dass unsere Identitäten auf unzertrennliche Weise miteinander verbunden sind.

Wir können uns daher auch nicht selbst finden, indem wir uns von der Welt abwenden und isolieren. Wir können uns nur in der Welt finden. Oder anders ausgedrückt: Um zu wissen, wer man ist, muss man sich in all seinen Beziehungen kennen und verstehen. »I've got no roots for my home was never on the ground«, heißt es in Alice Mertons Song »No roots«. Womit sie zu einem interessanten Gedankenspiel und einer spannenden Frage anregt. Ist unser Zuhause eigentlich ein Ort? Oder vielleicht besser mehrere Orte? Denn so gut wie alle Menschen zählen wohl irgendeinen Ort oder mehrere zu ihrem Zuhause, sei es ein Land (manche auch zwei oder mehr), eine Stadt, ein Dorf, eine Wohnung, ein Haus, ein Zimmer und so weiter. Andere wiederum sagen an dieser Stelle vielleicht, dass sie in der ganzen Welt zu Hause sind.

Aber machen diese Orte wirklich unser Zuhause aus, auch wenn damit die ganze Welt gemeint wäre? Dazu folgendes Gedankenexperiment: Entferne in deiner Vorstellung von allen Orten, die du dein Zuhause nennen würdest, die Beziehungen, Kontakte, Freund:innen und all deine Erfahrungen, die du mit diesen Menschen gemacht hast. Streiche all diese Begegnungen aus deinem Gedächtnis und dann schau mal, was von deinem Zuhause oder von deinem Gefühl von Zuhause noch übrig bleibt.

Vielleicht ein paar Gegenstände und einzelne Dinge, die dir etwas bedeuten, dein Zimmer und Orte, an denen du viel Zeit mit deinen Freund:innen und deiner Familie verbracht hast. Aber selbst das wären ja streng genommen Erinnerungen, die du eigentlich gerade aus deinem Gedächtnis gestrichen hast. Gut möglich, dass bei diesem Gedankenexperiment gar nichts übrig bleibt. Insofern trifft Alice Merton einen wichtigen Punkt, wenn sie singt, dass unsere Wurzeln und unser Zuhause gar nicht so sehr im Boden sind. Denn was wir »Zuhause« oder auch »Heimat« nennen, ist vor allem die Summe aller Erfahrungen, die wir mit Freund:innen, Familie und in allen unseren Beziehungen machen. In einer Welt, die wir uns mit Tieren, mit der Natur und in Zukunft vielleicht sogar mit künstlicher Intelligenz und Roboter:innen mit Bewusstsein teilen könnten.

Die Weide stand auf einer Anhöhe außerhalb des Dorfes. Unter ihren schwingenden Ästen kreuzten sich zwei Feldwege.

Eine Strickleiter baumelte daran herunter. Schaute man nach oben, sah man die beleuchteten Fenster der Häuser im Dorf. Schaute man nach unten, blickte man in der Ferne auf die Stadt. Ein zarter Schnee fiel. Manu lehnte an der Weide und stieß kleine Atemwölkchen aus. Es war schon wieder losgegangen zwischen seinen Eltern. Er hatte da keinen Bock drauf. Und war sich sicher, dass sie seine Abwesenheit sowieso nicht bemerkten. Sie waren wie immer zu sehr mit sich selbst beschäftigt. Die Hände hatte er in den Jackentaschen. Vom Dorf wehte das Läuten der Kirchenglocken rüber. Kindergottesdienst. Mit Krippenspiel. Er dachte an das Jahr, als Malik und er mitgemacht hatten. Malik hatte einen Wirt gespielt. Er einen Engel ohne Text. Er war furchtbar im Auswendiglernen. In dem Jahr waren sie noch nicht befreundet. Sie hatten beide Banden angehört, die verfeindet waren. Niemand wusste, warum. Wahrscheinlich, weil sie einfach dachten, das wäre eben so mit Banden. Dann war die Sache mit dem Stock passiert. Er hatte eine Gehirnerschütterung bekommen und einen neuen Freund. Für das mit den Banden fühlten sie sich bald zu alt. Sie trafen sich nur noch hin und wieder an der Weide. Das Baumhaus wurde jetzt meistens von Jüngeren genutzt. Er bibberte. Dieser verdammte Tag. Konnte er nicht sein wie alle anderen? Das reichte doch schon. Aber irgendetwas an diesem Tag, der so besonders friedlich und schön sein sollte, machte alles noch schlimmer. Er überlegte, ob er in den Gottesdienst gehen sollte. Da wäre es wenigstens warm. Aber er hatte keine Lust, jemanden aus dem Dorf zu treffen. Auf die Fragen nach seinen Eltern und all das.

Er kletterte die Strickleiter hoch und setzte sich an den Rand des Baumhauses. Er baumelte mit den Beinen.

Am Dorfrand zeichneten sich die Umrisse einer Person ab. Er ließ sich hintenüberfallen. Er streckte die Zunge nach den Flocken aus. Sie wurden größer, sah aus, als würde es richtig zu schneien beginnen. Er schloss die Augen. Weiße Weihnacht, dachte er, und an das Märchen »Das Mädchen mit den Schwefelhölzern«. Er hasste das. Wie traurig konnte etwas sein? Jetzt bloß nicht einschlafen, dann bist du morgen auch erfroren. Er war aber auch gar nicht müde.

Ey, du Penner.

Manu richtete sich auf und schaute nach unten.
Malik blickte zu ihm nach oben, eine Trappermütze tief ins Gesicht gezogen.

Wartest du, dass dir der Stern von Bethlehem erscheint, oder was.

Was machst du hier?

Die Frage ist, was machst du hier?

Woher du wusstest, dass ich hier bin.

Malik grinste.

Wollte dir dein Geschenk vorbeibringen, anständig, wie ich bin. Deine werten Eltern waren mal wieder bester Laune. Wussten auch nicht, wo du hin bist.

Waren sie pissed?

Schwer zu sagen, du kennst sie ja, ich meine, es sind deine Eltern. Aber hab ihnen dann auch einen vorgelogen und gesagt, du wolltest eh zu mir kommen und dass ich dich abholen wollte, aber war wohl ein Missverständnis und du halt schon los und so weiter. Und gab ja nicht so viele Orte, wo du sein kannst.

Danke.

Kein Ding.

Ich dachte, ich geh vielleicht in die Kirche.

Haha, klar. Wann warst du da das letzte Mal?

Beim Krippenspiel. Weißt du noch?

Ja, du warst ein richtig mieser Engel.

Was laberst du?

Ist doch wahr.

Ja gut, kann sein.

Sie schwiegen und schauten dem Schnee zu.

Kommst du jetzt mal runter, oder was? Ich frier mir hier den Arsch ab.

Und dann?

Wie und dann? Dann gehen wir schön zu mir nach Hause, setzen uns vor den Kamin und verlieren ein paar Runden im Doppelkopf gegen meine Eltern.

Manu kletterte die Leiter runter.
Malik boxte ihm gegen die Schulter.

Frohe Weihnachten, Mann.
Ja, ja, dieses Scheißfest. Manu lächelte. *Aber dir auch frohe Weihnachten.*

Nebeneinanderher liefen sie zum Dorf. Die Weide, auf der sich langsam eine weiße Schicht ablegte, im Rücken.

GIBT ES WAHRE FREUNDSCHAFT?

ZWISCHEN ZWECK-, LUST- & CHARAKTERFREUNDSCHAFT

Insbesondere, wenn Freundschaften zerbrechen, fragt man sich vielleicht: Wie echt war diese Freundschaft eigentlich? Und was macht überhaupt eine wahre Freundschaft aus? Schon der griechische Philosoph Aristoteles stellte vor 2.400 Jahren fest: »Der Wunsch nach Freundschaft entsteht rasch, die Freundschaft aber nicht«. In seinem Werk *Nikomachische Ethik* unterscheidet er zwischen drei verschiedenen Arten von Freundschaft: die Freundschaft des Nutzens, der Lust und die vollkommene Freundschaft. Diese etwas schematische Einteilung ist sozusagen die erste und bekannteste in der europäischen Geschichte und sie beeinflusst unsere Definition von Freundschaft bis heute.

Die Nutzen- oder Zweckfreundschaft beruht für Aristoteles vor allem auf gemeinsamen Interessen und darauf, dass jede:r seinen Vorteil daraus zieht. Wir sind also nicht unbedingt befreundet, weil wir die andere Person schätzen und mögen, sondern weil wir uns etwas von ihr versprechen. Wir wollen einen Nutzen aus dieser Freundschaft ziehen, zum Beispiel Kontakte zu anderen, ein großes Haus zum Chillen, Aufmerksamkeit oder andere Vorteile. Ziemlich verbreitet und beliebt ist diese Art der Freundschaft unter dem Stichwort »Zweck-WG«. Hier geht es einfach nur darum, die Mietkosten zu teilen, und ansonsten lässt man sich in Ruhe.

Die Notwendigkeit gemeinsamer Interessen betont übrigens auch eine Studie aus den 1980er Jahren. So haben die Entwicklungspsycholog:innen Monika Henderson und Michael Argyle drei Hauptfunktionen herausgearbeitet, die ihrer Meinung nach auf alle Freundschaften zutreffen. An erster Stelle gehe es, wenig überraschend, um den Wunsch nach gegenseitiger Hilfe und Unterstützung. Zweitens suche man in Freundschaften »sozialen Rückhalt«. Das heißt, in einer Freundschaft tauscht man Erfahrungen aus und entwickelt ähnliche Gedanken und Meinungen über die Welt. Vielleicht übernehmen wir manchmal sogar die eine oder andere Meinung unserer Freund:innen. An dritter Stelle stehen laut dieser Studie gemeinsame Interessen und Werte. Sie sind wiederum eine wichtige Voraussetzung für die gemeinsame Freizeitgestaltung.

Interessanterweise steht den Forscher:innen zufolge jedoch bei allen drei genannten Punkten nicht die Freundschaft selbst im Mittelpunkt. Vielmehr meinen die beiden Psycholog:innen herausgefunden zu haben, dass der Zweck von Freundschaften in erster Linie darin besteht, nicht allein zu sein. Laut ihrer Studie suchen wir in Freundschaften vor allem soziale Absicherung und Halt. Der Nutzen von Freundschaften liegt also zunächst darin, nicht mit sich allein sein zu müssen. Oder anders ausgedrückt, die Gemeinschaft mit anderen Menschen dient uns als Schutz vor Alleinsein und Einsamkeit.

FREUNDSCHAFTEN SCHÜTZEN UNS VOR DEM ALLEINSEIN

Die Lustfreundschaft wiederum ist für Aristoteles die beliebigste Form aller Freundschaften. Hier geht es ausschließlich darum, dass man eine gute Zeit verbringt. Wahrscheinlich meint er damit lose Bekannte und Gelegenheitsfreundschaften, ohne größeres oder echtes Interesse an der Person. Also zum Beispiel Kontakte, mit denen wir nur Zeit in den Pausen auf dem Schulhof verbringen, ohne dass wir uns jemals privat treffen. Oder Gelegenheitsfreund:innen, mit denen man Small Talk betreibt oder eine Zigarette raucht, wenn es sich ergibt, aber darüber hinaus eben nichts anderes. Diese Art der Freundschaft folgt laut Aristoteles dem Lustprinzip und ist nicht auf Dauer angelegt.

Das Problem dieser ersten beiden Arten von Freundschaft sieht der griechische Philosoph darin, dass sie nicht sehr stabil sind. Sobald Nutzen oder Lustfaktor wegfallen, endet meist auch der Kontakt bzw. die Freundschaft. Tatsächlich trifft der Philosoph damit einen Nerv und ein Gefühl, das auch heute noch für viele Menschen gilt. Ganz egal, welche Freundschaftsumfrage man sich aus den letzten Jahren anschaut: Auf die Frage, was für sie in einer Freundschaft am wichtigsten ist, antworten die meisten Menschen mit Dingen wie Vertrauen, Ehrlichkeit, Empathie und gegenseitige Unterstützung. Es scheint allgemeiner Konsens, dass eine gute Freundschaft etwas länger dauert als eine Party oder ein gemeinsames Projekt, das zeitlich begrenzt ist und bei dem alle Beteiligten ihren Nutzen suchen.

Das Markt- und Meinungsforschungsinstitut YouGov und das SINUS-Institut haben in einer repräsentativen Studie aus dem Jahr 2018 Menschen gefragt, was für sie eine gute Freundschaft ausmacht. Als Ergebnis wurden in überwältigender Übereinstimmung Ehrlichkeit, offene Kommunikation und gegenseitige Fürsorge genannt. Dass man ehrlich zueinander ist, steht für 71 Prozent der Befragten an erster Stelle. Gleich darauf folgt der Wunsch, dass man über alles reden kann (70 Prozent). Und ebenso 70 Prozent finden es in einer Freundschaft wichtig, füreinander da zu sein, wenn man Hilfe braucht.

Gegenseitigkeit ist auch für Aristoteles ein wichtiges Kriterium für seine dritte Art der Freundschaft: die vollkommene und wahre Freundschaft. Wahre Freund:innen sind Menschen, die nicht nur kurzfristig in unserem Leben sind. Sie interessieren sich für uns, begleiten uns durch (fast) alle Lebenslagen und verschwinden nicht, wenn es ein Problem gibt. So zumindest das alte Ideal der wahren Freundschaft, das bei Aristoteles zum ersten Mal formuliert wird und das bis heute nichts an Aktualität verloren hat.

In echten Freundschaften beruhen Vertrauen und Interesse auf Gegenseitigkeit. Nicht ohne Grund haben die griechischen Philosophen Platon und Aristoteles Freundschaft als eine Form von Liebe bezeichnet. Das altgriechische Wort »philia« heißt sowohl Freundschaft als auch Liebe. Echte Freund:innen sind also eigentlich zwei, die sich lieben.

Solange wir befreundet sind, um nicht allein zu sein, oder weil wir einen anderen Nutzen daraus ziehen, ist es laut Aristoteles keine wahre Freundschaft. Diese wahre und vollkommene Freundschaft kann man auch als »Charakterfreundschaft« bezeichnen. Es geht um zwei Persönlichkeiten, die um ihrer selbst willen miteinander befreundet sind. Für Aristoteles ist das die höchste Form der Freundschaft. Was jedoch nicht bedeutet, dass alle anderen Freundschaften minderwertig sind. Insbesondere für Politik und Gesellschaft spielen sie eine wichtige Rolle.

Regentropfen an der Zugfensterscheibe. Sie rinnen gegen die Fahrtrichtung. Ben hat den Kopf gegen das blaue Polster gelehnt und schaut nach draußen. Herbstgrau hängt über der Landschaft. Über seine Headphones läuft Dead Right Now von Lil Nas X. Sein Handy vibriert. Eine Nachricht von Samy: schreib mal wann du ankommst hol dich dann ab. Er tippt: 17:55 gleis 5. Er hat noch fünf Stunden Fahrt vor sich und einmal umsteigen. 38 Stunden mit dem Rad. Fünfeinhalb Tage zu Fuß. So weit sind sie jetzt voneinander entfernt. Hat er alles recherchiert, nachdem das mit dem Umzug klar war. Noch eine Nachricht: mal sehen ob ich dich überhaupt wiedererkenne. Lachsmiley. Ben weiß nicht, ob ihm wirklich nach Lachen zumute ist. Hab kein facelift machen lassen oder so. Samy: selbst wenn man kann dich nicht übersehen leuchtturm. Ben legt das Handy zur Seite. Leuchtturm, wegen der Größe und weil er schnell rot wird und oft zu stottern beginnt. Ich meine das nett, sagt Samy immer, ich mag deine rote Birne. Ben ist sich manchmal nicht sicher, ob das so funktioniert. Er schließt die Augen. Dann weiß er wieder, dass Samy ihm nie was Böses will.

Es ist das erste Mal, dass er Samy besucht. Er war noch nie in Mannheim. Seit anderthalb Monaten steht die Wohnung in der Borwinstraße jetzt leer. Wenn Ben abends mit dem Dackel seiner Familie daran vorbeigeht, kommen ihm die dunklen Fenster wie

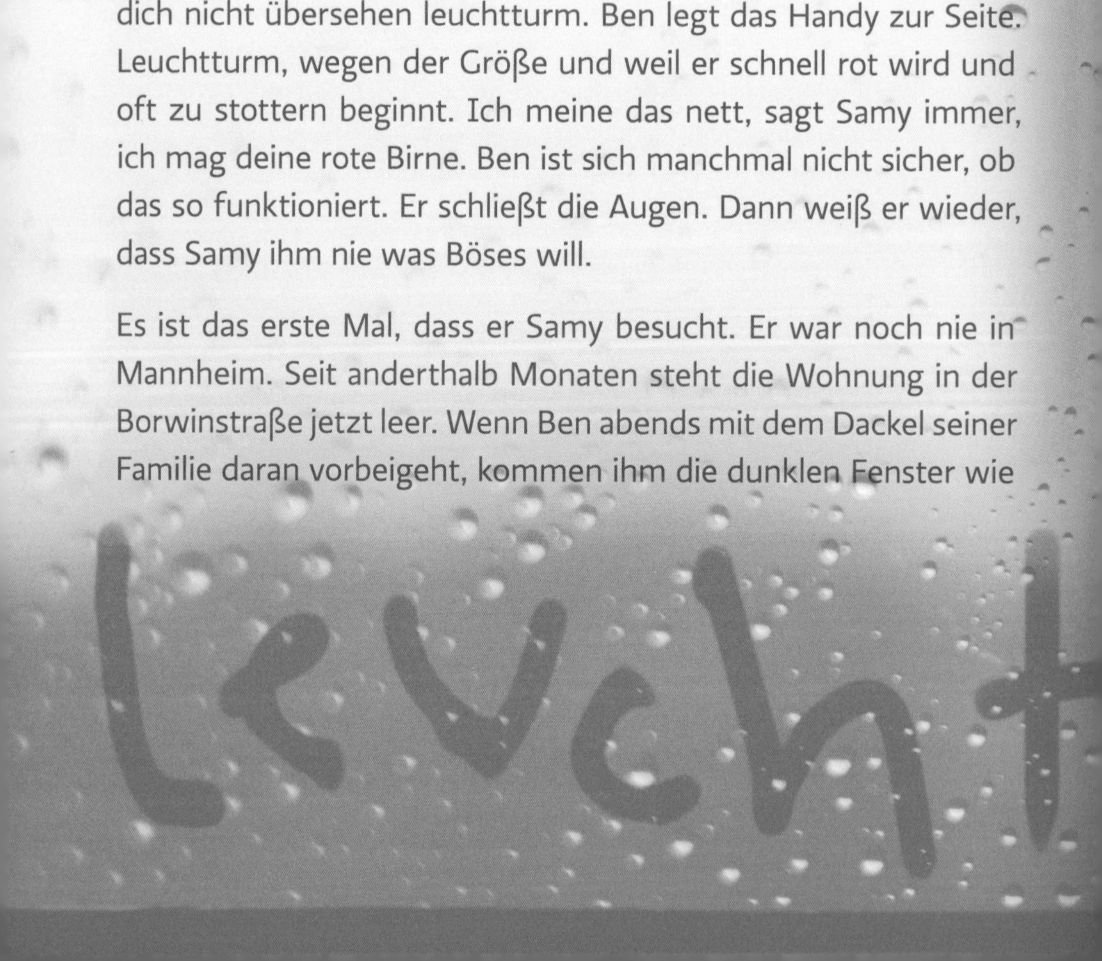

leere Augenhöhlen vor. Kein Leben mehr drin. Manchmal trifft er die Frau Winter. Sie hat in der Wohnung unter Samy gewohnt. Wohnt sie immer noch. Sie nickt Ben freundlich zu, winkt ihm, fragt Wie geht's, was macht die Schule? Alles gut, sagt Ben. Komisch ohne den Jungen?, fragt Frau Winter und deutet unbestimmt auf die Wohnung. Ben zuckt die Schultern. Wie Pech und Schwefel wart ihr ja, sagt sie. Man wusste manchmal gar nicht mehr, sind das zwei Personen oder eine. Na ja, sagt Ben, in Ordnung, wir müssen mal weiter. Tschüss.

Die Fahrkarte hat sein ganzes Zeitungsaustragegehalt der letzten Wochen gekostet und noch Geld, um das er seine Mutter gebeten hat. Wäre es nicht auch eine Möglichkeit zu zoomen oder was man so macht in eurem Alter, hat sie gefragt. Machen wir doch, hat Ben gesagt. Aber irgendwann will man sich mal wieder sehen. Ohne Fische im Hintergrund. Fische? So Filter halt, hat Ben gesagt, Samy findet das lustig. Samy nun wieder, hat seine Mutter gesagt. Na ja, ich verstehe es ja. Aber das geht vom Geburtstagsgeld ab. Tut mir leid. Du weißt, wie es ist. Er hat genickt. Ausgerechnet, wie oft er von seinem Geburtstags- und Weihnachtsgeld zu Samy fahren kann. Paar Mal im Jahr. Höchstens. Außer, er traut sich ohne Ticket. Aber wie soll sich ein Leuchtturm unsichtbar machen?

Jemand einen Kaffee oder Cappuccino?
Ben öffnet die Augen und schaut dem Bahnmitarbeiter mit dem Tablett hinterher. Er ist müde. Er konnte lange nicht einschlafen. Eigentlich hat er sich die ganze Zeit auf das Wiedersehen gefreut. Aber im Bett kam ihm der Gedanke, dass Samy und er vielleicht auf einmal nichts mehr miteinander anzufangen wüssten. Samy würde auf dem Bahnsteig stehen. Ben würde aussteigen, auf ihn zulaufen und vor ihm stehen bleiben. Sie würden einander Hallo sagen und dann nichts mehr. Sie würden komisch dastehen, während die Zeiger auf der großen Bahnhofsuhr vor sich hin tickten und Menschen mit Rollkoffern um sie herumliefen. Es würden die längsten Tage der Welt werden. Ben schüttelt sich. Er ist mindestens so aufgeregt, wie er müde ist. Er atmet drei Mal tief durch. Auf dem Bildschirm über dem Gang werden die nächsten Haltestellen angezeigt: Erfurt (14:48), Frankfurt (16:56). Noch drei Stunden und dreißig Minuten.

Morgens, auf dem Weg zum Bahnhof, war er Herrn Bolka begegnet. Ben hatte ihn nicht kommen sehen und konnte deswegen nicht mehr ausweichen. Der Bolka hat mit seinem Spazierstock in Richtung seiner Beine gezielt und nur ganz knapp vorher abgestoppt. Ben schaute ihn verdutzt an. Der Burgemannjunge ohne seine bessere Hälfte, sieh an. Wie die Pest wart ihr ja. Aber auch die wurde irgendwann ausgerottet. Der Bolka lachte, den Spazierstock immer noch knapp vor Bens Kniescheiben. Ich muss weiter, sagte Ben. Ganz kleinlaut jetzt, was.

Eine Tracht Prügel hättet ihr verdient, das darf man heutzutage gar nicht mehr sagen, aber jetzt isser ja weg. Ben schaute Herrn Bolka an. Er überlegte, ob er dem Bolka sagen sollte, dass er viel zu alt war, um jemanden zu verprügeln. Dass er schon allein ohne Stock ziemlich wacklig aussah. Er ließ es bleiben. Samy fehlte. Außerdem, wenn er der Bolka wäre, er wäre wahrscheinlich genauso schadenfroh. Nach all den Klingelstreichen, den Scherzanrufen, den Faule-Äpfel-Attacken auf sein Haus.

Jahrelang hatten Samy und er eine Fehde mit dem Bolka. Er glaubte sogar, dass eins seiner Hühner auf ihre Kappe ging, aber das war einfach so gestorben. Jedenfalls: der Bolka konnte sie nicht leiden und sie den Bolka nicht. Aber jetzt lächelte Ben ihn an. Damit hatte der nicht gerechnet und ließ den Stock sinken. Ich muss wirklich los, sagte Ben, schönen Tag noch. Der Bolka schaute ihm mit offenem Mund nach.

Wenn Samy das gehört hätte, denkt Ben. Damit würde er ihn ewig aufziehen. Keiner hatte damit gerechnet. Der Bolka nicht. Frau Winter nicht. Samy nicht. Ben erst recht nicht. Vorher wusste Ben nicht, wie sich das anfühlt: Schock. Bis Samy ihm alles erzählt hatte, neuer Job des Vaters, viel besser als der alte, und die kranke Oma, um die man sich kümmern müsse, und da sei nichts zu machen, einfach nichts zu machen, da müsse man jetzt erwachsen sein, was ein Zitat seiner Eltern war. Uff, hatte Ben gesagt. Uff, hatte Samy gesagt, ja. Scheiße. Richtig scheiße. Aber wir besuchen uns. Mannheim ist voll weit. Ja, ist weit, ganz andere Welt. Wir kriegen das schon hin. Dann waren sie zum Strand gefahren und hatten Steine ins Meer geschmissen. Die von Ben flogen wie immer viel weiter als die von Samy. Leuchtturmarme, hatte Samy gesagt und mit den Schultern gezuckt, ganz andere Hebelwirkung. Sie hatten im Sand gelegen, so lange, bis es dunkel wurde, und die Sterne auftauchten. Kannst du dir vorstellen, ich in der Stadt? Ohne das Meer vor der Tür? Nee, hatte Ben gesagt. Nee, hatte Samy gesagt. Und kurz hatte es sich so angefühlt, als könne die drohende Veränderung mit diesem Nee aus der Welt geschafft werden. Aber dann kam der Tag, an dem sie Sachen in Umzugskartons packten. Und der Tag, an dem sie die Kartons in einen Transporter stapelten. Und der Morgen, an dem sie einander umarmten. Hau rein, hatte Samy gesagt. Ich schreib dir. Gute Fahrt, hatte Ben gesagt. Samy war ins Auto gestiegen, hatte ihm noch aus dem Fenster zugewunken, grinsend, aber mit zusammengezogenen Augenbrauen. Ben hatte dem Auto hinterhergeschaut, wie es aus der Straße bog, die auf einmal nicht mehr Samys Straße war. Er hatte noch eine ganze Weile dort gestanden. Einen schweren Stein im Magen.

Hau rein
+ Gute
Fahrt

Alles draußen tropfnass. Ben schaut sich die anderen Reisenden an. Viele von ihnen wirken, als würden sie andauernd Bahn fahren. Routinierte Abläufe. Die Jacken akkurat neben sich am Sitz aufgehängt, die glänzenden Rollkoffer in der Mitte des Abteils verstaut, die iPads vor sich aufgeklappt. Eine Frau tippt auf ihrer Tastatur. Ein Mann schiebt in einer Powerpointpräsentation Grafiken hin und her. Ob er irgendwann auch so ein Profi sein würde? Ben schließt wieder die Augen. Little Simz rappt auf ihre eindringliche Art und er versucht, sich zu konzentrieren, um möglichst viel vom Text zu verstehen, aber seine Gedanken schweifen immer wieder ab.

Die ersten Tage nach dem Umzug fühlte sich Ben wie in einem besonders realistischen Traum, von dem man trotzdem weiß, dass es ein Traum ist. Die Schule, der Strand, der Fußballplatz, selbst seine Konsole kamen ihm wie immer und gleichzeitig vollkommen fremd vor. Mit den Wochen schlossen sich die äußeren Lücken. In der Klasse bekamen sie eine neue Sitzordnung. Er saß jetzt zwischen Kati und Jannek. Im Verein spielte Adam auf der Zehn. Und nach dem Unterricht kamen Hamza und Frieder öfter zu ihm nach Hause, um zu zocken. Der Stein blieb.

In Frankfurt kauft Ben sich eine Minipizza. Er isst sie im Stehen auf dem Bahnsteig. Der Bahnhof überfordert ihn. Es sind ihm zu viele Menschen. Fast alle hektisch und schlecht gelaunt. Er starrt auf die schmutzigen Spitzen seiner ehemals weißen Sneakers. Ein ziemlich übel aussehender Mann bleibt vor ihm stehen und beginnt mit ihm zu sprechen. Ben schiebt die Kopfhörer vom Kopf. Kleingeld, fragt der Mann und hält ihm einen speckigen Coffee-to-go-Becher entgegen. Ben schmeißt das Wechselgeld hinein, das er beim Pizza-Bezahlen wiederbekommen hat. Der Mann bedankt sich. Das war ein halbes Prozent einer Fahrkarte zu Samy, denkt Ben kurz. Er lacht über sich selbst. Mal nicht komplett übertreiben.

Der Zug ist voll. Nach vier Waggons gibt Ben die Platzsuche auf und setzt sich auf den Gang. Die Beine angezogen. Wenn er sich zu sehr bewegt, registriert ihn der Bewegungsmelder und die Tür zum Abteil geht auf. Die Frau auf dem Vierer hat ihm schon einen skeptischen Blick zugeworfen. Ben widersteht dem Impuls ihr die Zunge rauszustrecken. Du bist keine fünf mehr, denkt er sich. Andererseits kann er auch nichts dafür, dass er sich keine Reservierung leisten kann. Wäre Samy hier, hätten sie sich irgendeinen Scheiß ausgedacht, um sie zu ärgern. Allein schlingt er zur Sicherheit lieber noch die Arme um die Knie.

Noch eine Stunde. Ben kann keine Musik mehr hören. Er findet kein Lied, das zu seiner Stimmung passt. Er weiß nicht mal genau, in welcher Stimmung er eigentlich ist. Vorfreudig? Traurig? Aufgeregt? Ängstlich? Melancholisch? Angespannt? Alles? Er schaut von unten durch das ovale Fenster der Zugtür. Baumkronen ziehen vorbei, Lärmschutzwände, das Dunkel der Tunnel, Stromkabel, die nebeneinanderher laufen, aufeinander zu, voneinander weg.

Hallo
Mannhei
Absch

Samy schreibt: stehe am gleis abschnitt c! halte ein schild mit ben drauf hoch. falls dein gedächtnis versagt. Ben schickt ihm einen Emoji, der die Zunge rausstreckt.

Nächste Station: Mannheim. Wir erreichen Mannheim mit einer Verspätung von zehn Minuten. Ausstieg in Fahrtrichtung links. Sie haben in Mannheim folgende Anschlussmöglichkeiten: Den ICE nach ... Ben steht auf. Er schüttelt seine Beine aus, schlackert mit den Armen. Statt des Steins jetzt ein irres Flattern in seinem Magen. Er drückt die Nase an das Fenster. Mannheim kommt ihm riesig vor. Der Zug fährt in den Bahnhof ein. Das Gleis. Die Schilder. Die Snackautomaten. Samy. Er hat wirklich ein Schild in der Hand. Ben wird heiß. Sein Gesicht rot. Typisch Leuchtturm, denkt er. Er steigt aus. Läuft Richtung Abschnitt C. Die ganzen anderen Fahrgäste versperren die Sicht. Dann taucht Samy zwischen ihnen auf. Er springt auf und ab, das Schild über seinen Kopf gehalten. Ben steht darauf. Darum ein Herz gemalt. Samy sieht aus wie immer. Die schelmischen Züge um seine Augen. Ben grinst. Er tut entspannt und schlendert in Samys Richtung. Der lässt das Schild sinken und läuft auf ihn zu.

Samy schließt Ben in die Arme. Er springt dabei auf und ab. Digga Mann, ruft er. Da bist du ja endlich. Hatte schon Angst, die Deutsche Bahn verkackt deine Auslieferung.
Also hast du mich doch wiedererkannt, sagt Ben.
Klar, sagt Samy, so ist das mit Leuchttürmen, oder? Ich meine, das ist der Sinn und Zweck ihrer Leuchtsignale. Er lacht. Wie war deine Fahrt?
Ganz ok, sagt Ben, bisschen voll, was solls. Auf dem Weg zum Bahnhof hab ich den Bolka getroffen.
Und, fragt Samy, war er mies drauf wie immer?
Der hat mir fast welche mit seinem Spazierstock verpasst. Vor Freude, dass du weg bist.
Und du?
Ben schaut an Samy vorbei, in ein Nirgendwo hinter dessen Kopf.
Ich habe ihm einen schönen Tag gewünscht.
Er schaut Samy an.
Der lacht und macht einen Schritt auf Ben zu und legt ihm kurz die Hand in den Nacken.
Den hat der sich auch verdient, der Bolka, nach all dem Abfuck mit uns. Soll er mal eine Verschnaufpause haben, bevor ich bald wieder in der Stadt bin.
Er nimmt sich Bens Koffer. Sie gehen nebeneinanderher zur Treppe.
Ich hoffe, du hast Hunger mitgebracht, sagt Samy, meine Ma hat mal wieder komplett übertrieben. So viel kannst du in Wochen nicht essen, wie sie gekocht hat. Sie freut sich so, dass sie ihren zweiten Sohn wiederhat, wie sie sagt. Manche Sachen ändern sich echt nie.
Ben lächelt.
Nein, sagt er, manche Sachen ändern sich nie.

UNTER GLEICHGESINNTEN?

WARUM WIR WENIGER NACH BESTÄTIGUNG SUCHEN SOLLTEN

Die wahre Freundschaft beruht auf »Gleichheit und Übereinstimmung«, schreibt Aristoteles in einem der wohl bekanntesten Philosophiebücher der letzten 2.500 Jahre, der *Nikomachischen Ethik*. Wir erkennen und finden uns selbst im anderen wieder. Mehr noch, unsere besten Freund:innen sind dem Philosophen zufolge wie »ein zweites, getrenntes Ich«, das uns ähnlich ist.

Der meistgelesene Text zum Thema Freundschaft heißt *Von der Freundschaft* und stammt von dem französischen Philosophen Michel de Montaigne (1533 – 1592). Auch er kannte natürlich die Gedanken von Aristoteles und bezieht sich immer wieder auf ihn. Montaigne war Skeptiker, Humanist, Weingutbesitzer, Liebhaber und Essayist. Geprägt durch die Erfahrung der brutalen und lang anhaltenden Religionskriege in Frankreich, verhielt er sich skeptisch gegenüber jedem absoluten Wahrheitsanspruch. In seinen »Essais« forderte er Toleranz gegenüber der unerschöpflichen Vielfalt menschlicher Lebensformen. Nach ein paar beruflichen Stationen als Jurist und Politiker zog er sich in seine berühmte Turmbibliothek (die man heute noch besichtigen kann) in der Nähe von Bordeaux zurück und hinterließ sein ungewöhnliches Werk, dessen Ideen und persönlicher Stil auch heutige Leser:innen immer wieder fasziniert.

In seinem besagten Essay *Von der Freundschaft* erzählt Montaigne von seiner Freundschaft mit Étienne de La Boétie. Zugleich verarbeitet er darin seine Trauer über den Verlust dieses Freundes, denn Étienne ist gestorben. In gewisser Hinsicht ist dieser Essay daher auch ein Denkmal für seinen besten Freund. Vielleicht erklärt das auch ein wenig, warum Montaigne das Freundschaftsideal von Aristoteles noch einmal übertrifft, wenn er schreibt: »Bei der Freundschaft hingegen, von der ich spreche, verschmelzen zwei Seelen und gehen derart ineinander auf, dass sie sogar die Naht nicht mehr finden, die sie einte.« Gerade in der Erinnerung kann es ziemlich leicht passieren, dass man die Beziehung glorifiziert und den besten Freund idealisiert.

Bei Montaigne verschwimmen die Grenzen zwischen Liebe und Freundschaft nicht nur. Für ihn ist Freundschaft sogar wichtiger und wertvoller als die Liebe. So macht auch die folgende Stelle deutlich, wie sehr Montaigne seinen besten Freund offenbar über alles liebte. »Unsre Seelen sind derart einträchtig im Gespann gegangen und haben sich mit derart glühender Liebe bis ins Innere hinein wechselseitig offenbart, dass ich nicht nur seine wie die meine kannte, sondern mich sogar bereitwilliger ihm anvertraut hätte als mir selbst.« Tiefste Verbundenheit und Übereinstimmung, die auf Gegenseitigkeit und Gleichheit beruht, all das kennen wir bereits von Aristoteles. Die intime Freundschaft begreift Montaigne als Ort, an dem nichts ungesagt bleiben darf.

Ein weiteres berühmtes Beispiel für einen Philosophen, der sich in die Tradition von Aristoteles einreiht, wenn auch etwas sachlicher und weniger romantisch als Montaigne, ist Immanuel Kant (1724–1804). Er unterscheidet zwischen drei Arten von Freundschaft: die des Nutzens, des Geschmacks und der Gesinnung. Damit steht er in direkter philosophischer Nachfolge von Aristoteles, und es ist kein Zufall, dass die Gesinnungsfreundschaft beinahe identisch ist mit der vollkommenen und wahren Freundschaft. Für Immanuel Kant gilt, was Aristoteles und Montaigne schon vor ihm behauptet und gedacht haben: Wahre Freund:innen können und sollten über (fast) alles reden. Dass sie die gleiche Gesinnung haben, bedeutet nicht, dass sie die gleiche Meinung haben müssen, sondern nur die gleichen Prinzipien. Erst auf dieser gemeinsamen Basis sind echte Freundschaft und echter persönlicher Austausch möglich.

GLEICH UND GLEICH GESELLT SICH GERN

Problematisch an der Vorstellung von Gemeinsamkeit und Gleichheit ist, dass Freund:innen hier häufig als »Seelenverwandte« aufgefasst werden, die vor allem über Gleichklang und Ähnlichkeit miteinander verbunden sind. »Freundschaft wird seit der *Nikomachischen Ethik* immer als eine Beziehung zwischen Gleichgesinnten definiert – zwischen Menschen, die die Welt auf die gleiche Weise wahrnehmen, ähnliche Lebenserfahrungen gemacht haben und politisch dieselben Positionen vertreten, Menschen mit ähnlichen psychischen und emotionalen Verfassungen und biografischen Hintergründen«, fasst der Autor Daniel Schreiber dieses Phänomen zusammen. Auch in der Religion wird Freundschaft meist als eine Verbindung zwischen Gleichgesinnten in Bezug auf Gott verstanden. Innerhalb einer religiösen Gemeinschaft glaubt man an den gleichen Gott und teilt die gleichen religiösen Werte.

Unsere Sehnsucht nach Ähnlichkeit findet sich aber nicht nur in unseren Vorstellungen wahrer Freundschaft, sie lässt sich auch mit empirischer Forschung nachweisen. So beschäftigt sich zum Beispiel auch die Soziologie mit der Tendenz, sich immer wieder mit Gleichgesinnten zusammenzutun. Soziologie ist die Wissenschaft von der Gesellschaft und untersucht alle Prozesse, die für menschliches Verhalten und in unserem gesellschaftlichen Zusammenleben eine Rolle spielen. Dort läuft das Ganze unter dem Begriff »Homophiliethese«. Übersetzt heißt Homophilie nichts anderes als Neigung zur Ähnlichkeit oder Liebe zum Gleichen. »Philía« bedeutet im Altgriechischen Neigung, Freundschaft oder Liebe, »Homós« das Ähnliche, Gleiche oder Gemeinsame. Seit den 1950er-Jahren beobachten Soziolog:innen immer wieder, dass sich Menschen gern mit Menschen zusammenschließen, die ihnen ähneln. »Eine solche Homophilie ist sowohl hinsichtlich des persönlichen Geschmacks und Stils als auch hinsichtlich der jeweiligen sozialstrukturellen Position, hierbei insbesondere Bildungsstand und beruflicher Status, feststellbar«, heißt es dazu im Buch *Freundschaft Heute. Einführung in die Freundschaftssoziologie*. Aber auch das Geschlecht, das Alter und das Umfeld können eine Rolle spielen. Zumindest erklärt das ziemlich gut, warum es so viele Männer- und Frauenfreundschaften gibt, bei denen auch das Alter und das Umfeld (wie zum Beispiel die Schule, auf die man geht) gleich sind. Interessanterweise ist dieser Drang den Menschen selbst gar nicht unbedingt bewusst. In den meisten Fällen gehen wir davon aus, dass wir unsere Freund:innen und Partner:innen frei und individuell ausgewählt haben.

In Wirklichkeit ist die Sache natürlich komplizierter. So hat eine Studie über Freundschaft an der Universität Leipzig ergeben, dass oftmals gar nicht so sehr unsere Persönlichkeiten darüber entscheiden, mit wem wir uns anfreunden. Die Studierenden aus dem Psychologie-Einführungskurs, in dem die Studie durchgeführt wurde, freundeten sich vor allem mit den Personen an, die in der Vorlesung in ihrer unmittelbaren Nähe saßen. Am wahrscheinlichsten entwickelte sich eine Freundschaft sogar zwischen direkten Sitznachbar:innen. Entscheidend waren körperliche und räumliche Nähe. Zweifel an einer allumfassenden und alles erklärenden Homophiliethese sind daher berechtigt. So fand man in einer weiteren Studie in Utrecht heraus, dass die Studierenden sich überhaupt nicht ähneln mussten, um sich anzufreunden. Die Ähnlichkeit spielte sich vielmehr in ihren Köpfen ab. Sie dachten bloß, dass sie sich ähnlich seien, und meinten, sich selbst im Gegenüber zu erkennen. Und das, obwohl es rein objektiv gar nicht so viele Gemeinsamkeiten gab.

Das Sprichwort »Gleich und Gleich gesellt sich gern« liegt daher nicht ganz falsch. Aber diese Gleichheit existiert eben manchmal nur in unseren Köpfen.

Soziolog:innen sehen zwei verschiedene Arten von Ursachen für dieses Phänomen der Ähnlichkeit. Auf der einen Seite bringen wir alle ein mehr oder weniger stark ausgeprägtes Maß an persönlicher Gleichheitsliebe (Homophilie) mit. Dieses Maß entscheidet darüber, wie stark wir Personen bevorzugen, mit denen wir bestimmte Charaktereigenschaften, Einstellungen und Verhaltensweisen teilen. Die erste Ursache liegt demnach in uns selbst, in unserem Streben nach Ähnlichkeit. Auf der anderen Seite spielen aber auch die äußeren Umstände und der Zufall eine wichtige Rolle. Hier entsteht Ähnlichkeit durch vorhandene äußere Strukturen. Da wären zunächst die sogenannten Gelegenheitsstrukturen. Also: Wer kommt überhaupt als Freund:in infrage? Welche Personen wohnen in meiner Nachbarschaft, in meinem Dorf oder in derselben Stadt? Wer geht zur gleichen Schule und in die gleiche Klasse? Wer fährt jeden Morgen im gleichen Bus? Auch wenn uns virtuell eine unendliche Anzahl an potenziellen Freund:innen zur Verfügung steht, ist die Auswahl im Real Life um einiges überschaubarer. Laut der YouGov-Studie aus dem Jahr 2018 haben die Deutschen ihre aktuellen Freunde am häufigsten auf der Arbeit (45 Prozent), auf der weiterführenden Schule bzw. während der Ausbildung (jeweils 22 Prozent) und bei Hobbys (21 Prozent) kennengelernt.

Andererseits haben auch unsere bestehenden Freundschaften einen Einfluss auf potenziell neue Freund:innen. Passt die neue Person in unseren aktuellen Freundeskreis und wird sie akzeptiert? Auch wenn es durchaus möglich und manchmal sogar wahrscheinlich ist, dass die Freund:innen von Freund:innen auch zu eigenen Freund:innen werden, gibt es hier Grenzen. Soziolog:innen betonen zum Beispiel immer wieder, dass eine Klasse und die gesamte Jahrgangsstufe einer Schule wie »natürliche Netzwerkgrenzen« funktionieren. Es kommt zwar vor, dass wir darüber hinaus gute Freundschaften pflegen, aber es ist eher die Ausnahme als die Regel. Was wiederum bedeutet, dass der Zufall eine sehr große Rolle spielt. Wir haben keinen Einfluss darauf, mit wem wir in eine Klasse gehen und wer in unserer Jahrgangsstufe ist. Das Gleiche gilt übrigens auch für digitale Netzwerke, Internetforen und Onlinefreundschaften. Wem wir da konkret begegnen und mit wem wir uns eventuell anfreunden, ist häufig eine Frage des Zufalls.

GEGEN DEN GLEICHKLANG

Falls sich beim Lesen jemand gefragt hat, warum bisher fast nur Männer zu Wort gekommen sind, dann liegt das daran, dass die klassische Freundschaft exklusiv für Männer vorgesehen war. Über mehrere Jahrtausende hinweg verstand man unter Freundschaft vor allem Männerfreundschaften. Freundschaften zwischen Männern und Frauen oder zwischen Frauen und Frauen hatten weder Aristoteles noch Montaigne im Sinn, als sie über Freundschaft schrieben. Oder, wie Daniel Schreiber kritisch anmerkt: »Die abendländische Geistesgeschichte hat alle Freundschaften zwischen Menschen, die keine weißen heterosexuellen Männer der Oberschicht waren, ignoriert, herabgesetzt oder belächelt.«

Ihm zufolge hätte ein freies und inklusives Freundschaftsdenken, das nicht auf Gleichheit beruht, nämlich die patriarchale Herrschaftsordnung bedroht, was im Umkehrschluss bedeutet: Freundschaften sind politisch. »Politisch« ist hier nicht im Sinne einer politischen Ansicht oder einer politischen Gesinnung gemeint. Es geht nicht um Parteien, sondern darum, dass Freundschaften die Machtverhältnisse in einer Gesellschaft verändern können. In diesem Sinne sind auch gesellschaftliche Vorstellungen von Freundschaft politisch, weil sich darin Vorstellungen von Herrschaft spiegeln. Indem wir die Vielfalt unterschiedlichster Freundschaften in unserer Gesellschaft sichtbar machen, ergänzen wir das Ideal der klassischen (heterosexuellen) Männerfreundschaft. Auch in der Politik, das heißt, in politischen Organisationen wie Parteien und Vereinen, können wir neue Freundschaften und Bündnisse unterstützen und fördern. Also Freundschaften unter Frauen, Freundschaften zwischen Frauen und Männern, Freundschaften zwischen Menschen unterschiedlichen Alters, mit Behinderung und zwischen Menschen, die sich in ihrer sozialen Herkunft, Hautfarbe und sexuellen Orientierung unterscheiden. All diese Freundschaften können neue Impulse setzen und tragen das Potenzial in sich, die politischen Machtverhältnisse einer Gesellschaft zu verändern.

Dass die Ideale der Gleichheit und des Gleichklangs extrem gefährlich werden können, hat der französische Philosoph Jacques Derrida (1930–2004) in seinem Buch *Politik der Freundschaft* analysiert. Darin kritisiert er die Idee einer dauerhaften »Freundschaft die auf Homogenität, auf Homophilie, auf einer festen und unverbrüchlichen, weil durch gemeinsame Herkunft und Geburt, durch eine angeborene Gemeinschaft ins Leben gerufenen Affinität beruht«. Ganz so, als wäre es vollkommen natürlich und normal, dass wir in Freundschaften Gleichgesinnte suchen und auf Gleichgesinnte treffen.

In der Politik hat die Berufung auf Gleichheit immer wieder zu Gewalt und Verbrechen geführt, insbesondere in totalitären Regierungen, in Autokratien und Diktaturen. Jede nationalistische Bewegung neigt dazu, Völker als abgeschlossene Gruppen von Gleichgesinnten zu betrachten. In der Vergangenheit hat genau das immer wieder zu Kriegen, zu Intoleranz und Gewalt gegenüber denjenigen geführt, die (angeblich) nicht dazugehörten.

Die deutsch-amerikanische Philosophin Hannah Arendt (1906–1975) pflegte viele Freundschaften mit Menschen, die politisch und weltanschaulich anderer Meinung waren als sie. Sie betrachtete ihre Freund:innen nicht als Gleichgesinnte. Als eine der einflussreichsten Kritiker:innen der totalitären Systeme im 20. Jahrhundert war sie ihr Leben lang skeptisch gegenüber zu viel Gleichheit und Gleichklang. In Deutschland hatte sie gesehen, was die Nazis aus den Ideen gemeinsamer Herkunft und angeborener Gemeinschaft gemacht hatten. Aufgrund ihrer jüdischen Herkunft sah sie sich zum Auswandern gezwungen und wählte die USA als neue Heimat.

Für Hannah Arendt gehören Unterschiede und Meinungsverschiedenheiten zu einer Freundschaft ganz selbstverständlich dazu. In einer echten Freundschaft erkennen wir die Andersartigkeit unserer Freund:innen an. Davon war Hannah Arendt überzeugt und so lebte sie auch ihre Freundschaften mit bekannten Intellektuellen ihrer Zeit wie zum Beispiel Martin Heidegger, Mary McCarthy oder Karl Jaspers. Übrigens hatte sie viel mehr männliche Freunde als Freundinnen, was sicherlich zum Teil auch an ihrem männerdominierten Umfeld lag.

Der wichtigste Wert und die Basis einer Freundschaft besteht ihr zufolge im Gespräch. Erst im freundschaftlichen Austausch und in Gesprächen können wir zueinander finden und eine echte Beziehung aufbauen, meint Arendt.

Wahre Freund:innen reden jedoch nicht nur über ihr privates Leben. Sie sprechen und reflektieren vor allem auch über die Welt und die Gesellschaft. Hier ist »politisch« nun im Sinne politischer Meinungen und Ansichten gemeint. Indem wir unterschiedliche Sichtweisen und politische Meinungen austauschen, fördern wir einerseits die demokratische Diskussionskultur. Insbesondere in Freundschaften lernen wir die Sichtweisen anderer besser verstehen, akzeptieren mögliche Unterschiede, schärfen oder ändern manchmal sogar die eigene Meinung. Andererseits können Freundschaften der Beginn für politisches Handeln sein und aus Freundschaft kann Komplizenschaft entstehen. Das heißt, man setzt sich gemeinsam für eine Sache ein. Vor allem in Krisen und in Zeiten, in denen die Demokratie öffentlich angegriffen wird, kann der Freundschaftskreis zu einer Ersatzgemeinschaft werden, mit der man sich für gemeinsame Ziele engagiert und für ein bestimmtes Anliegen demonstriert.

JE OFFENER EINE GESELLSCHAFT, DESTO GRÖSSER DAS KONFLIKTPOTENZIAL.

Unter befreundeten Kompliz:innen muss jedoch nicht ständig Harmonie oder Gleichklang herrschen, auch wenn sie gemeinsam für eine politische Sache handeln. Denn wahre Freund:innen und Verbündete müssen sich nicht gleichen, solange sie im Gespräch zueinanderfinden und die Haltung ihres Gegenübers respektieren. Laut dem Soziologen und Bildungswissenschaftler Aladin El-Mafaalani gibt es in einer offenen und demokratischen Gesellschaft sogar mehr Konflikte und offen ausgetragene Meinungsverschiedenheiten als in einer Diktatur. Gelungene Integration steigert das Konfliktpotenzial einer Gesellschaft, so die These seines Buchs *Das Integrationsparadox. Warum gelungene Integration zu mehr Konflikten führt*. Warum? »Weil viel mehr Menschen teilhaben können und wollen, weil die Gesellschaft offener geworden ist, und man könnte salopp sagen: Weil es eigentlich ganz gut läuft«, schreibt El-Mafaalani. Oder etwas wissenschaftlicher ausgedrückt: »Gelungene Integration erhöht deshalb das Konfliktpotenzial, weil Inklusion, Gleichberechtigung oder eine Verbesserung der Teilhabechancen nicht zu einer Homogenisierung der Lebensweisen, sondern zu einer Heterogenisierung und Pluralisierung, nicht zu mehr Harmonie und Konsens in der Gesellschaft, sondern zu mehr Dissonanz und Neuaushandlungen führt.«

Letztlich sind das gute Nachrichten. Denn einerseits bedeutet das, dass wir auf dem richtigen Weg sind und immer mehr Teilhabe ermöglichen. Andererseits entsteht genau dadurch mehr Reibung und ein gemeinsamer Konsens muss immer wieder neu ausgehandelt werden. Neben dem sogenannten »Integrationsparadox« diskutiert man in den Sozialwissenschaften auch das »Diskriminierungsparadox«. Hier lautet die These, dass Diskriminierung zu einem so großen Problem wird, weil es weniger davon gibt. Was natürlich nicht heißt, dass diejenigen, die von diskriminierenden Erfahrungen betroffen sind, darunter weniger leiden würden. In richtigen Autokratien und Diktaturen werden diskriminierende Erfahrungen hingegen gar nicht erst öffentlich thematisiert. Außerdem fehlt es meist an Gesetzen und Institutionen, die für mehr Gleichberechtigung sorgen könnten. Bei fortgeschrittenen Demokratien wie z.B. in Schweden, Großbritannien, Deutschland oder Frankreich greift jedoch häufig das »Diskriminierungsparadox«: Je weniger Diskriminierung es in einer Gesellschaft gibt, desto mehr wird darüber öffentlich gestritten und diskutiert. Denn die einzelnen Fälle erregen umso mehr Aufsehen und Streitpotenzial, weil eigentlich alle wissen, dass es anders sein könnte und müsste.

Wie und wohin könnte sich unsere Gesellschaft in Zukunft noch entwickeln, wenn Freundschaften weniger auf Gleichheit und Ähnlichkeit beruhen? Was wäre, wenn wir Freundschaften als einzigartige Beziehungen sehen, in denen wir auf Andersartigkeit treffen und uns auf die Unterschiedlichkeit anderer einlassen? Vielleicht werden wir irgendwann über das »Gleichheitsparadox« diskutieren: Je gleichberechtigter wir als Gesellschaft werden, desto mehr kommen unsere Unterschiede zum Vorschein – und desto mehr sind wir selbst dafür verantwortlich, dass wir die Gleichbehandlung im Alltag tatsächlich auch umsetzen. Jede Freundschaft wäre dann ein Ausdruck für die Vielfalt des Lebens. Freundschaften würden wir dann vielleicht als Fundament und Säule einer offenen, gleichberechtigten und demokratischen Gesellschaft feiern.

Ich habe
ich will a
Tom gena
Meine
sind er

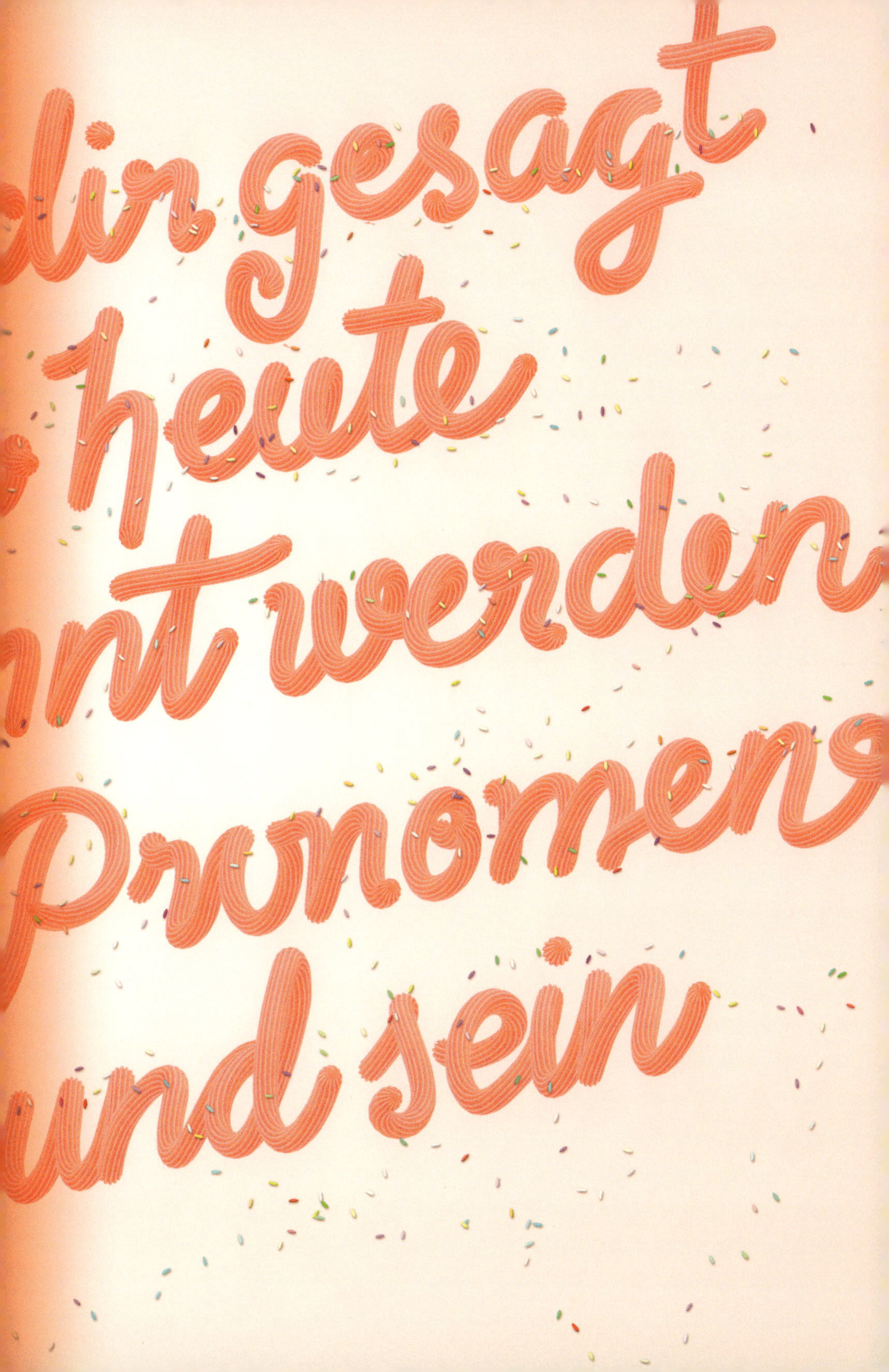
dir gesagt
heute
nt werden
Pronomen
und sein

& du hast
gesagt: ok
ich freu
für
und mich
Arm

cool
mich riesig
dich
n den
genommen

dann
waren wir
ein Stück
Torte essen
als hätte ich
Geburtstag

KAPITALISMUS & EINSAMKEIT

HABEN WIR IMMER WENIGER FREUND:INNEN?

Laut einer repräsentativen Umfrage des Markt- und Meinungsforschungsinstituts YouGov und des SINUS-Instituts aus dem Jahr 2018 haben zwei Drittel der Menschen in Deutschland einen »besten Freund« oder eine »beste Freundin«. Im Durchschnitt gab zudem jede:r Deutsche an, insgesamt 3,7 Freund:innen, 11 Personen im erweiterten Freundeskreis und 42,5 Personen im Bekanntenkreis zu haben. Wie bei allen Durchschnittswerten bedeutet das auch hier, dass einige mehr als 3,7 Freund:innen haben, andere weniger und wiederum andere eher irgendwo im Durchschnitt liegen. Manche gaben übrigens auch an, gar keine engen Freund:innen zu haben. Jede:r zehnte Deutsche, also insgesamt 8 Prozent, gab 2018 an, ein Leben ohne beste Freund:innen zu führen.

Vergleicht man die Ergebnisse der YouGov/SINUS-Studien aus den letzten fünf Jahren, dann fällt vor allem eine Sache auf: Die Anzahl der Freund:innen scheint abzunehmen. Immerhin 50 % der Deutschen haben gleich viele Freund:innen wie vor fünf Jahren. Dem gegenüber gaben insgesamt 32% an, dass sie weniger Freund:innen haben. Besonders stark betroffen ist die Gruppe der 18–24-Jährigen. Ähnliches kam bei einer repräsentativen Studie des Hamburger Onlineportals Statista heraus. Hatten die Deutschen 2019 im Durchschnitt noch 3,3 Freund:innen, gaben sie 2020 nur noch 2,9 Freund:innen an. Natürlich könnten hier auch strengere Freundschaftskriterien oder der Einfluss von Corona eine Rolle spielen. Die Tendenz ist aber trotzdem nicht von der Hand zu weisen.

Begleitet wird dieser Trend zu weniger Freund:innen von einem Phänomen, das die deutsche Politikerin, Sozialunternehmerin und Autorin Diana Kinnert *Die neue Einsamkeit* nennt. Allein in Deutschland fühlen sich circa 14 Millionen Menschen einsam, Tendenz steigend. Und auch diese Entwicklung macht sich in der Altersgruppe der 11–17-Jährigen besonders deutlich bemerkbar. Die Ursachen der neuen Einsamkeit sind vielfältig. Laut Diana Kinnert sind es vor allem unsere gesellschaftlichen Werte, die uns in die soziale Isolation treiben und uns einsam fühlen lassen. Ihre Gesellschaftsanalyse *Die neue Einsamkeit. Und wie wir sie als Gesellschaft überwinden können* stellt folgende Wertekonflikte fest: Konsum habe in unserer Gesellschaft einen höheren Stellenwert als Intimität. Wir wünschen uns in jeder Hinsicht Flexibilität anstelle von Verbindlichkeit. »Studien zufolge pendelt eine globale junge Generation immer öfter zwischen Hochschulen und Familie hin und her, hetzt von einem unbezahlten Praktikum zum nächsten, von WG zu WG, von einem Studienort zum anderen«, schreibt Kinnert. Außerdem seien die Ideale unserer Wirtschaft vor allem an Gewinn und Wachstum orientiert und weniger an Stabilität. Intimität, Stabilität und Verbindlichkeit seien jedoch die Voraussetzung dafür, dass wir uns weniger einsam fühlen und als Teil einer Gemeinschaft erfahren, meint Kinnert.

Die Auswirkungen des neoliberalen Kapitalismus kritisierte bereits der US-amerikanisch-britische Soziologe Richard Sennett. In seinem Buch *Der flexible Mensch. Die neue Kultur des Kapitalismus (1998)* behauptet er, in unserem kapitalistischen System stehe Individualität über allem. Eine weitere These von ihm lautet: Um uns frei, selbstbestimmt und individuell zu fühlen, passen wir uns immer mehr der Schnelllebigkeit unseres Wirtschaftssystem an. Die gleiche These vertritt auch Diana Kinnert. Ihr zufolge spiegeln sich die Ideale von Individualismus, Kapitalismus und Konsum in Werbeslogans wie »Entdecke die Möglichkeiten«, »Play on« und »Just do it« wider. Für Kinnert entwickeln wir uns zu einer Gesellschaft von digitalen Nomad:innen, die rastlos und flexibel durch ihr Leben ziehen und sich nirgendwo so richtig zu Hause fühlen. Die weniger Zeit in die Pflege ihrer Beziehungen stecken und stattdessen mehr Zeit mit oberflächlichem Netzwerken und unverbindlichen Kontakten verbringen. Dadurch fehlt ihnen aber ein tiefergehender zwischenmenschlicher Austausch. Ein Gefühl von Mangel, das nicht selten zur Erfahrung von Einsamkeit führt.

WIE DER FREIE MARKT UND DIE POLITIK UNSER FREUNDSCHAFTSVERHALTEN VERÄNDERN

Im deregulierten Wirtschaftssystem, in dem wir seit den 1980er-Jahren leben, wird der Mensch »Unternehmer seiner selbst«, wie es der französische Philosoph, Sozialwissenschaftler und Historiker Michel Foucault einmal formuliert hat. Er meint damit zwei entscheidende Entwicklungen, die unsere Politik seit dem 19. Jahrhundert nach und nach verändert haben. Erstens hat der Staat immer mehr Verantwortung an den Einzelnen abgegeben. Dadurch seien wir letztlich zu Unternehmer:innen für unser eigenes Leben geworden, so Foucault. Und zweitens hat sich im Laufe der Zeit die neoliberale Vorstellung durchgesetzt, dass der Markt sich selbst regulieren soll. Was wiederum mehr Verantwortung der Bürger:innen bedeutet. Wenn es wirtschaftliche oder soziale Probleme gibt, dann trägt jede:r Einzelne Verantwortung für die Lösung des Problems, z.B. durch Vorsorge und Versicherungen vorzubeugen.

In unserer gegenwärtigen Politik wird hierbei gerne von selbst- und eigenverantwortlichem Handeln gesprochen. Das Prinzip der Eigenverantwortung basiert auf dem liberalen Ideal eines mündigen, selbstbestimmten Menschen, wie er beispielsweise von John

Stuart Mill als »aktiver Staatsbürger« beschrieben wurde. Das selbstbestimmte Leben von mündigen und freien Bürger:innen setzt in sozialen Marktwirtschaften wiederum eine Menge Selbstverwaltung und bürokratischen Aufwand voraus. Wir müssen uns um Kranken- und Haftpflichtversicherungen, Wohnungssuche, Praktika, Ausbildungsplätze, Bewerbungen, Stipendien, private Geldanlage, Führerschein und vieles mehr kümmern. Wir müssen uns zum Sport motivieren, Hobbys, digitale Netzwerke, Profilbilder und Bekanntschaften pflegen. Kein Wunder, dass am Ende für nur wenige enge Freund:innen Zeit übrig bleibt.

Schon der Schriftsteller und Soziologe Georg Simmel (1858–1918) stellte vor über 120 Jahren fest, dass Freundschaften immer individueller werden. Im 19. Jahrhundert wird ihm zufolge die romantische Freundschaft durch etwas ersetzt, das er »differenzierte Freundschaft« nennt. In der romantischen Freundschaft befreunden sich zwei Menschen mit der gesamten Bandbreite ihrer Persönlichkeit. Für die differenzierte Freundschaft gilt dieser Anspruch nicht mehr. Hier reicht es völlig, wenn sich einige wenige Teilbereiche und Interessen punktuell überschneiden. Man muss nicht mehr wie in romantischen Freundschaften alles teilen, um befreundet zu sein. Letzteres hält Georg Simmel sogar für unmöglich. Für ihn ist es in einer Freundschaft normal, dass es Geheimnisse gibt. Man kann sein Gegenüber niemals zu 100 Prozent kennen. Jede:r bleibt der und dem anderen daher auch ein Stück weit ein Geheimnis.

Noch ein Stück weiter geht der Soziologe Friedrich H. Tenbruck (1919–1994). Auch er erkennt einen Zusammenhang zwischen Individualisierung, Moderne und Freundschaft. Seit der Industrialisierung im 19. Jahrhundert leben immer mehr Menschen in Großstädten und sind dadurch häufig von ihren Familien und direkten Verwandten räumlich getrennt. Andererseits erlauben es gerade die Großstädte und heute die sozialen Medien, dass wir unsere Freundschaftsnetzwerke auch unabhängig von Familie und Verwandtschaft aufbauen und pflegen können. Tenbruck zufolge gibt es in modernen Gesellschaften ein »Gesetz der Freundschaft«. Je individueller, vereinzelter und selbstständiger wir leben, desto mehr verlieren traditionelle Verbindungen wie Familie und Verwandtschaft an Bedeutung. Was wiederum dazu führt, dass Freundschaften immer mehr Bedeutung für unser Leben gewinnen.

Weil uns die traditionellen, familiären Verbindungen keinen lebenslänglichen Halt bieten können, wird Freundschaft zur »Ergänzung einer inkompletten Sozialstruktur«, so die These von Tenbruck. Diese Entwicklung hat auch soziale Ursachen, die mit grundlegenden Veränderungen unserer Lebensweise zu tun haben. Weil die meisten Menschen in den westlichen Ländern weniger Kinder bekommen, gibt es immer mehr Einzelkinder und immer weniger Geschwister. Häufig wohnt man nicht am gleichen Ort wie die Eltern und andere Familienmitglieder und außerdem sterben die Eltern ja irgendwann. Allein in Deutschland gab es 2021 über 30 Millionen Singlehaushalte, so viele wie noch nie. Je mehr aber alte soziale Strukturen an Verbindlichkeit verlieren, desto wichtiger und sinnstiftender wird Freundschaft. Für manche Personengruppen können intensive Lebensfreundschaften auch zum regelrechten Familienersatz werden. Insbesondere für queere Menschen haben Freundschaften oftmals eine überlebenswichtige Funktion, weil sie sich und ihre Identität in der Gesellschaft häufiger hinterfragen müssen und ggf. nicht auf die Unterstützung ihrer Ursprungsfamilie zählen können. Überhaupt können wir nicht davon ausgehen, dass wir unsere besten Freund:innen fürs Leben unbedingt im Fußball- oder Reitverein vor Ort finden. Sehr wahrscheinlich werden wir auch nicht unser ganzes Leben lang in unserem Geburtsort wohnen bleiben.

FLEXIBILITÄT SCHAFFT FREIHEIT UND EINSAMKEIT

Kommen wir noch einmal zur Ausgangsthese zurück, dass sich die Anzahl unserer engen Freund:innen insgesamt zu reduzieren scheint. Einerseits werden unsere Freundeskreise und Netzwerke immer größer. Unser Alltag wird immer vernetzter und wir kommunizieren mehr Stunden pro Tag als jemals zuvor. Andererseits führt genau das vielleicht dazu, dass wir immer weniger enge und intensive Freundschaften pflegen und insgesamt immer weniger Zeit für unsere engen Freund:innen haben. Auch der gesellschaftliche Zusammenhalt wird schwächer, was man vor allem daran merkt, dass wir uns weniger als früher in Dorfgemeinschaften, Fußballvereinen, in der Nachbarschaft oder der lokalen Politik engagieren.

Gleichzeitig verkümmern unsere Innenstädte, weil immer mehr Menschen online bestellen und weniger in den Läden vor Ort einkaufen. Das ist einerseits zwar praktisch, weil wir alles nach Hause geliefert bekommen. Andererseits bedeutet das aber auch, dass wir im Alltag zwangsläufig weniger Menschen treffen und weniger Begegnungen erleben. Vor allem seit Corona hat sich dieser Trend noch einmal verstärkt.

Laut Richard Sennett und Diana Kinnert erleben wir mehr und mehr die gesellschaftlichen Kehrseiten des neoliberalen Wirtschaftssystems: Einsamkeit, Isolation, Vereinzelung und psychische Erkrankungen. Unser Freundes- und Bekanntenkreis wächst quantitativ ins Unermessliche, während Erfahrungen echter Intimität, Intensität und Verbindlichkeit abnehmen. Bis heute ist Einsamkeit ein Tabuthema, über das wir nur ungern sprechen. Spätestens seit Corona sind die Folgen von Einsamkeit aber deutlicher denn je: die Zunahme psychischer Erkrankungen wie Depressionen und Angstzustände bei Erwachsenen, Kindern und Jugendlichen. Ebenso weisen immer mehr psychologische Studien darauf hin, dass Einsamkeit das Risiko für Diabetes, Schlaganfälle und Herz-Kreislauf-Krankheiten wie Bluthochdruck und Herzattacken erhöht. Mangelnde Verbundenheit ist also schlecht für die körperliche und geistige Gesundheit.

Dass Einsamkeit krank macht, zeigte zuletzt eine Studie vom

Massachusetts Institute of Technology in Cambridge aus dem Jahr 2020. Demnach löst Einsamkeit Empfindungen aus, die mit Hunger vergleichbar sind. Woraus man schließen kann, dass Nähe zu anderen Menschen ähnlich stark ausgeprägt ist wie unser Bedürfnis nach Essen. Expert:innen wie Diana Kinnert und Richard Sennett vertreten die These, dass Einsamkeit von den Betroffenen nicht nur selbst verschuldet sei. Im Gegenteil, das Gesellschafts- und Wirtschaftssystem mache uns einsam und krank. Das wiederum macht die neue Einsamkeit auch zu einem politischen Thema. Inwiefern tragen der Staat und die Regierung Verantwortung, etwas gegen die drohende Vereinsamung zu unternehmen?

So hat Großbritannien zum Beispiel als erstes Land weltweit ein Ministerium für Einsamkeit ins Leben gerufen. Dort gelten neun Millionen Menschen als einsam, und seit 2018 setzt die britische Regierung konkrete Maßnahmen um und versucht, Menschen aus der Isolation und Anonymität zu holen. Eine der staatlichen Kampagnen hieß beispielsweise »Let's talk loneliness« (»Lasst uns über Einsamkeit reden«). Denn wenn mehr über Einsamkeit gesprochen wird, enttabuisiert man das Thema und hilft den Betroffenen, offener damit umzugehen und sich Hilfe zu suchen. In Deutschland sind es 14 Millionen Menschen, die sich einsam fühlen. Sind sie selbst dafür verantwortlich und sollten sie mehr Eigenverantwortung für ihre Situation übernehmen? Oder benötigen sie Hilfe, um ihre Einsamkeit zu überwinden?

In seinem Buch Der *flexible Mensch* kritisiert Richard Sennett an den neoliberalen Systemen der westlichen Länder, dass sie »Macht ausüben, ohne Verantwortung zu tragen«. Insbesondere die angloamerikanische Form des Kapitalismus versuche, alles über Flexibilität zu regeln. Frei nach dem Motto: Alle Probleme werden sich irgendwann von allein lösen, solange man genug Freiheit und Flexibilität schafft. Statt Verantwortung für die wirtschaftlichen und gesellschaftlichen Bedingungen in ihrem Land zu übernehmen, würden sie ihre Bürger:innen mit den negativen Folgen des flexiblen Lebens alleinlassen. Was uns zu einem echten Dilemma führt: Wenn es so viele Menschen in einem Land nicht einmal schaffen, sich um sich selbst und um ihre psychische Gesundheit zu kümmern, wie können wir dann anderen wichtigen Aufgaben wie z.B. der Pflege unserer Demokratie nachkommen?

INDIVIDUALITÄT ALS PRIVILEG UND GEFÜHLTE FREIHEIT

Denn einerseits sind wir frei und genießen die Vorzüge der Demokratie und des Individualismus. Wir dürfen selbst entscheiden, wie wir unser Leben gestalten und nach welchen Werten wir leben. Andererseits sind wir neben unserem persönlichen Leben auch für politische Teilhabe, die Pflege und Weiterentwicklung der Demokratie verantwortlich. Als freie und selbstverantwortliche Bürger:innen sind wir nämlich auch dafür zuständig, die Zivilgesellschaft, Kultur und Demokratie am Laufen zu halten. Denn ohne aktive Beteiligung, Partizipation und Zusammenhalt funktionieren Gesellschaft, Öffentlichkeit und Demokratie nicht.

Vielleicht ist genau das aber auch der Preis für das Leben in einer freiheitlich-demokratischen Grundordnung: Demokratien geben uns größtmögliche Freiheit in der Wahl unserer Lebensweise und gleichzeitig die größtmögliche Verantwortung für die aktive und selbstbestimmte Gestaltung dieser Lebensweise. Möglicherweise liegt es am Ende in unserer Eigenverantwortung, ob wir die Demokratie aktiv unterstützen und am Leben erhalten. Zwingen kann man uns unter den Bedingungen einer liberalen Demokratie dazu nicht. Denn wenn liberale Demokratien eine Sache auszeichnet, dann die, dass sie auf individuellen Freiheitsrechten beruhen. Doch heißt unser Recht auf individuelle Freiheit gleichzeitig auch, dass wir tatsächlich individuell und frei sind?

Vielleicht täuschen wir uns ja auch und unser Streben nach Freiheit macht uns gar nicht nur glücklich und frei, sondern auch einsam. Individualität ist nämlich auch eine Frage von Privilegien. Das zumindest behauptet die promovierte Politikwissenschaftlerin, Autorin und Aktivistin Emilia Zenzile Roig in ihrem Buch *Why We Matter. Das Ende der Unterdrückung.* »Individualität ist ein weißes Privileg«, schreibt Roig. »Wenn weiße Männer Morde oder grausame Taten begehen, würden wir nie auf die Idee kommen, weiße Männer als Gruppe für besonders gewalttätig und gefährlich zu halten, obwohl die Statistik zeigt, dass die überwiegende Mehrheit von Serienmördern, Amokläufern und auch Terroristen weiß ist.«

Weiße Menschen würden sich in solchen Fällen meist nicht bewusst als kollektive Identität wahrnehmen, also als Teil einer größeren Gruppe mit denselben Merkmalen. Nur weil eine:r von ihnen Mist baut, fühlen sie sich noch lange nicht als eine gemeinsame Gruppe schuldig oder verantwortlich, meint Roig. Personen, die einer nichtweißen Minderheit angehören, neigten hingegen dazu, sich mit ihrer jeweiligen Gruppe stärker zu identifizieren. Denn »Menschen, die kein Privileg der Individualität genießen, sind besonders bestrebt, keinen schlechten Eindruck und möglichst wenige Fehler zu machen«, fasst Emilia Roig ihre Analyse über rassistische Gewalt und strukturelle Diskriminierung von Minderheiten zusammen.

Strukturell bedeutet hier, dass es gesellschaftliche Strukturen und Wahrnehmungsmuster gibt, die Rassismus und Diskriminierung befördern, ohne dass man sich dieser Muster und Strukturen im Alltag bewusst sein muss. Menschen mit dem Privileg der Individualität kennen das beschriebene Problem kollektiver Verantwortung und Identität nämlich weniger oder gar nicht. Auch hierfür hat Roig eine einfache Erklärung. »Das Privileg der Individualität verleiht ein Gefühl von Freiheit, das für diejenigen, die es genießen, nicht bemerkbar ist.« Sie nehmen sich in ihrem Alltag vor allem als freie Individuen wahr und weniger als Teil einer Gruppe. Könnte nicht genau dieses unbemerkte Gefühl von Freiheit ein weiterer Grund dafür sein, warum sich gerade in den privilegiertesten Ländern der Welt so viele Menschen einsam fühlen?

Möglicherweise ist die neue Einsamkeit nur die Kehrseite unseres Strebens nach möglichst viel individueller Freiheit. Maximal individuell bedeutet aber nicht automatisch, dass wir deswegen auch glücklich sind. Vielleicht sind verbindliche Gruppenzugehörigkeiten für uns viel wichtiger, als wir meinen.

ich hab dich beim querflötenunterricht kennengelernt
dann hast du mit schlagzeug begonnen
schließlich bist zu teakwondo gegangen
aber immer wenn ich dich zuhause besuche
darf ich deinen lieblingsbecher benutzen

GLEICHER ALS ANDERE

WIE BEHINDERN WIR GLEICHBERECHTIGUNG?

In den westlichen Industriestaaten sind wir doch total gleichberechtigt! Bildung ist hier offen für alle und Minderheiten waren noch nie so sichtbar und haben gesellschaftlich noch nie so große Akzeptanz erfahren wie heute. Eigentlich geht es in Europa doch insgesamt so gut und gerecht zu wie noch nie, oder? Wozu also noch über Gleichberechtigung, Bildung und Chancengleichheit für alle reden, könnte man sich fragen. Die entscheidende Frage ist hier allerdings, wer sich das fragt und warum er oder sie das so sieht. »Wir sind doch total gleichberechtigt« mag aus der Perspektive einer gut gebildeten, weißen, heterosexuellen Frau vielleicht stimmen. Aus der Perspektive einer weniger gebildeten Frau aus einer sozial schwachen Familie mit Migrationsgeschichte sieht die Welt aber vielleicht ganz anders aus.

Ähnlich verhält es sich mit dem Standpunkt »Bildung ist offen für alle!«. Für weiße Akademikerkinder ist er sehr wahrscheinlich viel nachvollziehbarer als für Kinder aus bildungsfernen Schichten. Oder wer freut sich schon auf das »Gap Year« nach dem Abi zwischen Schule und Studium? In erster Linie wohl die Schüler:innen aus Mittelstandsfamilien, die sich das Jahr persönliche Auszeit und Orientierung leisten können. Wenn wir also heute immer noch mehr Gleichheit bzw. Gleichberechtigung in unserer Gesellschaft fordern, dann setzt das voraus, dass es Ungleichheiten und Unterschiede dieser Art gibt.

Soziale Ungleichheiten gelten in einer Gesellschaft aber nie für alle. Ob wir sie sehen und im Alltag davon betroffen sind, hängt vor allem von der Perspektive und der Position ab, die wir in der Gesellschaft einnehmen. Oder anders ausgedrückt: Es hängt davon ab, welche Privilegien wir mitbringen und wie sehr wir diese als selbstverständlich annehmen. Denn wir alle tendieren dazu, unsere Erfahrungen zu verallgemeinern. Was dazu führt, dass wir unsere Privilegien für selbstverständlich halten und all diejenigen übersehen, für die sie nicht gelten. »Gehört man zur Mehrheit, zur Norm, zur dominanten Gruppe, unterdrückt man zwangsweise andere – auch wenn dies meist unbewusst und unbeabsichtigt geschieht«, meint die Politikwissenschaftlerin und Aktivistin Emilia Zenzile Roig in ihrem Buch *Why We Matter. Das Ende der Unterdrückung*. »Negative Botschaften über andere sind dermaßen verinnerlicht«, schreibt sie weiter, »dass man ein subtiles Überlegenheitsgefühl für ganz normal hält.« Dieses Problem ist alles andere als neu und wurde in der Vergangenheit immer wieder unter dem Deckmantel »politischer Freundschaft« legitimiert.

Der griechische Philosoph Aristoteles ist der erste europäische Denker, der Freundschaft und Politik zusammendenkt. Politische Freundschaft beschreibt er in der *Nikomachischen Ethik* als eine besondere Zweckfreundschaft, die auf politischer Übereinstimmung beruht. Gemeint ist ein freiwilliger Zusammenschluss von Menschen, die sich politisch als Freund:innen verstehen. Sie sind mit anderen Worten politisch Gleichgesinnte. Dabei geht es in erster Linie um eine freundschaftliche Zusammengehörigkeit, sei es nun als politische Gemeinschaft, als Verein, Bewegung, Nation, Kultur, als demokratischer Staat oder als ein Bündnis aus mehreren Staaten wie die Europäische Union.

Damit diese freundschaftliche Verbindung gelingt, sind zwei Dinge nötig: Man ist sich politisch einig, das heißt, der Zusammenschluss aller Beteiligten baut auf einem gemeinsamen Verständnis auf. Man teilt zum Beispiel ähnliche Einstellungen in Bezug auf die demokratische Grundordnung, hat ein ähnliches Wertesystem, und es besteht ein Grundkonsens über Rechte und Regeln, die für alle gelten. Außerdem muss dieser Zusammenschluss freiwillig sein. Wie die echte Freundschaft beruht auch die politische Freundschaft auf Freiheit und Vertrauen. Erst auf dieser Basis kann ein mehr oder weniger klar definiertes politisches »Wir« entstehen. Ist dies der Fall, betrachten sich laut Aristoteles alle Beteiligten einer Gruppe als politische Freund:innen.

Schon in den sogenannten Stadtstaaten vor 2.500 Jahren, dem Ursprung unserer heutigen Demokratie, galt für die Bürger:innen von Athen und anderen Städten das Ideal: Unter politischen Freund:innen betrachtet man sich im Gespräch und in Begegnungen als ebenbürtig. Wie in der echten und persönlichen Freundschaft muss dies unbedingt auf Gegenseitigkeit beruhen. Das heißt, man begegnet sich auf Augenhöhe und als »Gleiche unter Gleichen«. Ein solches Politikverständnis wird übrigens noch heute unter dem Schlagwort »civic friendship« (dt. zivilgesellschaftliche oder bürgerliche Freundschaft) diskutiert.

IN DER GRIECHISCHEN DEMOKRATIE GALT GLEICHHEIT NICHT FÜR ALLE MENSCHEN

In der politischen Freundschaft gilt die Gleichheit aller Bürger:innen als wichtigstes Prinzip. Also vor allem die Tatsache, dass wir vor dem Gesetz gleich sind, niemand benachteiligt wird und jede:r die gleichen Chancen erhält. Während Gleichheit und Ähnlichkeit in unseren persönlichen Freundschaften nur einen Faktor von vielen darstellen, steht in der politischen Freundschaft die Gleichheit aller Bürger:innen im Zentrum. Wir müssen nicht die gleichen persönlichen Eigenschaften, Interessen oder Vorlieben haben. Wir sind gleich als juristische Personen und haben die gleichen Rechte. Diese Idee der politischen Gleichheit ist eine Errungenschaft der griechischen Philosophie.

Insofern wären wir in Europa beispielsweise politisch Gleichgesinnte, weil wir eine demokratisch verfasste Grundordnung teilen. Das wäre so etwas wie der kleinste gemeinsame Nenner. Aus dem Gleichheitsprinzip leiten wir heute außerdem Werte wie Chancengleichheit und Geschlechtergerechtigkeit ab. Das ist keineswegs selbstverständlich. In den griechischen Stadtstaaten galten nämlich nur wohlhabende Männer als freie Bürger. Das Modell der politischen Freundschaft war also auf eine bestimmte Anzahl von freien Männern beschränkt. Man brauchte demnach das richtige Geschlecht (männlich) und genügend materielle Mittel und Geld, um politisch mitbestimmen zu können. Sklaven und Frauen galten nicht als freie Bürger:innen und blieben ohne Rechte.

Schon in der griechischen Demokratie vor 2.500 Jahren beruhte die Gleichheit einiger Männer auf der Ungleichheit vieler anderer. Damals bedeutete Gleichheit, »dass man nur mit seinesgleichen zu tun hatte und setzte so die Existenz von ›Ungleichen‹ als selbstverständlich voraus, wie denn ja auch diese ›Ungleichen‹ stets die Mehrheit der Bevölkerung in den Stadt-Staaten gebildet haben«, schreibt die Philosophin Hannah Arendt in ihrem Buch *Vita activa oder Vom tätigen Leben*. Aristoteles zufolge sollte politische Gleichheit nur für Ranggleiche bzw. Gleichwertige gelten – und nicht für alle Menschen. Die Besten und Leistungsfähigsten sollten in der Hierarchie höhergestellt sein und über ihre Mitbürger:innen herrschen. Der Gedanke »Gleichheit unter Gleichen« war laut Aristoteles nur für einige wenige gültig. Diese wenigen waren in seinen Augen gleicher als die anderen.

Entscheidend am Konzept politischer Freundschaft ist nämlich, wie man »Gleichheit unter Gleichen« und »Übereinstimmung« auffasst. Dass die Ideale der Gleichheit ausgrenzend und ungerecht sein können, hat der französische Philosoph Jacques Derrida (1930–2004) in seinem Buch *Politik der Freundschaft* ausgeführt. Darin kritisiert er die Idee einer dauerhaften »Freundschaft, die auf Homogenität, auf Homophilie, auf einer festen und unverbrüchlichen, weil durch gemeinsame Herkunft und Geburt, durch eine angeborene Gemeinschaft ins Leben gerufenen Affinität beruht«. Homophilie bedeutet die Liebe zum Gleichen – und diese Liebe betraf im antiken Griechenland das Geschlecht, ebenso aber die Herkunft, den Status, die materiellen Möglichkeiten, die philosophische Bildung und finanziellen Mittel. Interessanterweise diente die politische Freundschaft in der Vergangenheit häufig einer Verbrüderung unter Männern, worin Jacques Derrida eine »bestimmte Politik« erkennt.

POLITISCHE FREUNDSCHAFT ALS STRATEGIE DER VERBRÜDERUNG

Diese Art der Politik besteht für Derrida darin, dass sie politische Zugehörigkeit in erster Linie über Abstammung definiert, über den »Stamm, die Gattung, oder die Art, das Geschlecht, das Blut, die Geburt, die Natur, die Nation«, wie er in seinem Buch *Politik der Freundschaft* festhält. Es ist dabei egal, ob es sich um linke oder rechte Politik handelt, meint Derrida, dieses Prinzip der Verbrüderung findet sich quasi überall wieder. So zum Beispiel in den griechischen Stadtstaaten, wo Frauen in der Öffentlichkeit nicht reden durften. Nur Männern war es erlaubt, sich öffentlich zu äußern und das politische Geschehen mitzubestimmen. »Die abendländische Kultur ist seit Jahrtausenden geübt darin, Frauen den Mund zu verbieten«, schreibt die britische Historikerin Mary Beard. In ihrem Buch *Frauen und die Macht* zeigt sie anhand der Rolle der Frau in der antiken griechischen und römischen Welt, »wie tief in der westlichen Kultur die Mechanismen verwurzelt sind, die Frauen zum Schweigen verurteilen, die verhindern, dass Frauen ernst genommen werden, und die sie (...) aus den Machtzentren ausschließen«.

Folgt man den Analysen von Beard und Derrida, stellt man fest, dass die politische Freundschaft und die Berufung auf Gleichheit in der Vergangenheit oft als politisches Machtmittel benutzt wurden.

Aus der politischen Zweckfreundschaft von Aristoteles wurde von Beginn an immer wieder auch eine Strategie zur Verbrüderung gemacht. Sehr deutlich wird das zum Beispiel in der Geschichte der europäischen Aufklärung, die die »Gleichheit aller Menschen« und Menschenrechte für alle forderte. Tatsächlich galten die Menschenrechte am Ende aber ausschließlich für Männer, wodurch über die Hälfte der Menschen von der politischen Gleichheit wieder einmal ausgeschlossen wurde. Und als wäre das nicht schon genug: Während sich die europäischen Aufklärer vor allem gegen die autoritären Zwänge von Religion und Adelsherrschaft richteten, vergaßen sie neben den Frauen ebenso die Rechte der Kolonialvölker, der Tiere und der Natur. Sie alle waren vom Recht auf Gleichheit ausgeschlossen.

Ähnlich wie in der griechischen Demokratie galten die Ideale »Freiheit«, »Gleichheit« und »Brüderlichkeit« nur für Männer. Um Frauen davon auszuschließen, wurden immer wieder Gründe und Unterschiede in der Natur gesucht und auch gefunden. Für den Ausschluss vom Wahlrecht wurde beispielsweise mit dem angeblich kleineren Gehirn von Frauen argumentiert. Ähnliche Begründungen wurden angeführt, um Frauen von den Universitäten fernzuhalten. Übrigens sind wir in unseren westlichen Demokratien auch heute noch weit entfernt vom Ideal vollkommener Gleichberechtigung. »Ich lernte, dass der Wert der Menschen von vielen willkürlichen Faktoren bestimmt wird: Hautfarbe, Herkunft, Geschlecht, Aussehen, Vermögen, Bildungsstand«, bemerkt die Politikwissenschaftlerin und Aktivistin Emilia Zenzile Roig.

Wenn man nicht männlich, nicht weiß oder nicht heterosexuell ist, wächst die Wahrscheinlichkeit, diskriminierende Erfahrungen zu machen. Warum das problematisch ist, bringt Emilia Zenzile Roig folgendermaßen auf den Punkt: »Nicht gesehen werden, nicht gehört werden, ist unerträglich. Weil es unsere Menschlichkeit infrage stellt. Menschen, die weder gesehen noch gehört werden, denen nicht geglaubt wird, sind vielen Formen von Gewalt ausgesetzt – bis hin zum Mord.« Sie ist übrigens die Gründerin des Centre for Intersectional Justice (CIJ) in Berlin und untersucht seit vielen Jahren die Verschränkung von Rassismus, Diskriminierung und Unterdrückung in unserer Gesellschaft. Besonders gefährdet sind nichtweiße Personen, Menschen mit Behinderung, kranke Menschen, arme Menschen, alle Menschen mit religiösen Hintergründen, die weder christlich noch atheistisch sind, und nicht zu vergessen alle Menschen, die nicht volljährig sind. Nach wie vor haben Minderjährige in Demokratien keine gleichberechtigte Teilhabe an politischen Entscheidungen und werden dadurch auf besondere Weise benachteiligt.

Einer der Gründe für die Diskriminierung von Minderheiten liegt vor allem an einer verbreiteten Sichtweise, die das männliche Geschlecht ins Zentrum der Welt und der Gesellschaft stellt. In der Forschung bezeichnet man die zugrunde liegende Perspektive als »Androzentrismus«. Während die männliche Heterosexualität zur stillschweigenden Norm erhoben wird, gilt alles andere als Abweichung. Gleichzeitig wird die männliche Perspektive als neutral und universell verstanden, was wiederum dazu geführt hat, dass man im Namen der Gleichheit häufig nur Männer für gleichberechtigt erklärt hat. Weiße, bürgerliche Männer sind in dieser Perspektive gleichbedeutend mit »dem Menschen«, während Frauen ein Geschlecht haben. Die androzentrische Sichtweise zeigt sich auch dann, wenn der Begriff Gender fälschlicherweise mit »Frauen« gleichgesetzt oder so verwendet wird, als würde er nur Frauen betreffen. Gender ist nur was für Frauen? Wer das ernsthaft glaubt, müsste gleichzeitig davon ausgehen, dass Menschenrechte und das demokratische Gleichheitsprinzip nur etwas für Männer sind.

GLEICHBERECHTIGUNG GRÖSSER DENKEN

Jacques Derrida hatte dieses Problem und die androzentrische Denkweise bereits als Ursache für ungerechte Strukturen in unserer Gesellschaft erkannt. Die männliche Sichtweise ist für uns alle so selbstverständlich geworden, dass wir sie häufig gar nicht wahrnehmen. Immer wenn wir die Welt androzentrisch betrachten, denken wir in Kategorien von Natürlichkeit, Abstammung und Geburt, meint Derrida. Damit aber noch nicht genug. Wer androzentrisch denkt, glaubt stillschweigend an das »Recht des Besseren auf der Grundlage der Gleichheit bei der Geburt, der natürlichen, homophilen (...) Gleichheit«. Selbstverständlich gibt es politische Verbrüderung auch auf der persönlichen Ebene über Ländergrenzen und Kulturen hinweg, wie zum Beispiel die jahrelange Freundschaft zwischen dem ehemaligen deutschen Bundeskanzler Gerhard Schröder und dem russischen Autokraten Wladimir Putin.

Politisch gefährlich wird es immer dann, wenn sich hinter der androzentrischen Sichtweise »eine narzisstische oder brüderliche Gewalt verbirgt«, schreibt Derrida. Diskriminierende Handlungen sind ihm zufolge mehr als eine persönliche Unachtsamkeit. Sie sind tief in unseren gesellschaftlichen Strukturen verankert. Nicht zuletzt gefährdet mangelnde Generationengerechtigkeit die Zukunft unseres Planeten. Weil Minderjährige nicht wählen dürfen und das Recht zukünftiger Generationen auf ein gesundes und nachhaltiges Leben gesetzlich noch zu wenig verankert ist, dürfen ältere Generationen allein darüber bestimmen, wie mit den Ressourcen, dem Klima und der Natur umgegangen wird. Also gerade diejenigen, die in Zukunft mit den Folgen des Klimawandels am längsten zurechtkommen müssen, haben heute kein Mitspracherecht.

Ein weiteres Beispiel für soziale Ungerechtigkeit ist die Art und Weise, wie wir in unserer Gesellschaft mit dem Phänomen Arbeit umgehen. Bis heute verstehen wir darunter vor allem Lohn- und Erwerbsarbeit, die außerhalb des Hauses passiert. Die Hausarbeit hingegen wird nicht als Arbeit aufgefasst oder zumindest nicht als eine Tätigkeit, die angemessen entlohnt und bezahlt werden sollte.

Dadurch wird eine bestimmte männliche Erfahrung verallgemeinert, die jedoch nicht der Lebensrealität der meisten Frauen entspricht. Oder nehmen wir die Erforschung von Herzinfarkten, die über lange Zeit nur bei Männern untersucht wurden, bis Forscher:innen irgendwann herausfanden, dass Herzinfarkte bei Frauen anders ablaufen. Gesellschaftliche Strukturen können also auch unsere Gesundheit beeinflussen und entscheiden im Zweifelsfall sogar über die persönliche Lebenserwartung.

Übrigens lebt der Kapitalismus bis heute vom Slogan »Wohlstand für alle«. Einerseits erzeugt er mehr finanziellen Wohlstand, das stimmt. Andererseits profitiert nicht jede:r von der kapitalistischen Lebensweise der reichen Länder. Auch hier sind wieder einige (wenige) gleicher als andere. Die Gründer:innen und Geschäftsführer:innen der großen Tech-Firmen sind fast ausschließlich weiße, heterosexuelle Männer – und nicht erst seit Corona wird der Unterschied zwischen extrem Reich und extrem Arm immer größer. So wie der Kapitalismus mehr Wohlstand schafft, vergrößert er auch die soziale Ungleichheit und ökologische Krise unserer Welt. Vom Ideal der »Gleichheit« aller sind wir jedenfalls auch heute noch weit entfernt.

Gerade unser Wirtschaftssystem bevorzugt vor allem diejenigen mit den meisten Privilegien. Wer über viel Kapital verfügt, ist nicht nur besser abgesichert als andere. Indirekt lässt sich damit auch Politik machen oder zumindest beeinflussen. Als Geschäftsführer:in, wichtige:r Geldgeber:in und Gründer:in eines milliardenschweren Unternehmens trägt man meist Verantwortung für viele Mitarbeiter:innen, zahlt eine Menge Steuern und wird von Politiker:innen automatisch stärker wahrgenommen und gehört. Das macht es in der Regel leichter, bei politischen Diskussionen mitzureden und seine Interessen gegenüber der Politik zu vertreten. Einige wenige haben auch hier wieder mehr Mitspracherecht und Einfluss als andere.

Es ist längst überfällig, das Konzept der politischen Freundschaft auf alle Geschlechter, auf alle sozialen Schichten, auf alle Altersklassen (Minderjährige nicht zu vergessen!), auf alle Lebewesen und auf alle Lebensbereiche auszuweiten. Problematisch war bisher nicht so sehr die darin enthaltene Idee der politischen Gleichheit, sondern vielmehr deren Umsetzung. Vielleicht wäre für die Zukunft anstelle von »Gleichheit unter Gleichen« der Slogan »Gleichheit unter Verschiedenen« oder »Diversität unter Gleichen« passender. Oder, wie die Philosophin Hannah Arendt in ihrem Aufsatz *Was ist Politik?* schreibt: »Politik handelt vom Zusammen- und Miteinandersein der Verschiedenen.«

Dazu zählen übrigens auch die Tiere und die Natur. Wenn wir es in diesem Jahrhundert nicht lernen, uns mit ihnen anzufreunden, wird uns die Natur möglicherweise irgendwann die Lebensgrundlage entziehen. »Das Ende der Unterdrückung, so utopisch es klingen mag, ist nichts anderes als ein Bewusstseinswandel: hin dazu, dass wir alle gesehen, gehört und geachtet werden – nicht nur einige wenige«, meint Emilia Zenzile Roig. Dafür müssten wir alle unsere Privilegien erkennen und sehen, wo und wie wir überall gleicher sind als andere. In diesem Sinne ist es Zeit für eine Aktualisierung und politische Neuauflage des Konzepts politischer Freundschaft. Eine Freundschaft, in der darauf geachtet wird, dass die eigenen Privilegien anderen nicht schaden und die Existenz anderer nicht unterdrücken, ausgrenzen oder sogar gefährden.

DIE GANZE STADT WIRD UNS VERMISSEN

ZUM BEISPIEL DIE BORDSTEINKANTE
AUF DER WIR IMMER SAẞEN
KNIE AN KNIE AN KNIE

ZUM BEISPIEL DER BUS 419
MIT DEM WIR JEDEN MORGEN ZUR SCHULE SIND
IHR SAẞT IMMER SCHON AUF PLÄTZEN
GANZ HINTEN DER RUCKSACK NEBEN EUCH
EIN PLATZHALTER FÜR MICH

ZUM BEISPIEL DAS KONDENSAT
DAS MANCHMAL IM CLUB
VON DER DECKE TROPFTE
AUF UNSERE TANZENDEN KÖPFE

ZUM BEISPIEL DIE ROTEN LICHTER
DER SPARKASSE
DIE ALS ORIENTIERUNGSPUNKTE
SELBST DEN VERLORENSTEN
EINE AHNUNG VON RICHTUNG GEBEN
ALSO MIR
ICH HAB MICH STÄNDIG VERIRRT
RETTUNGSLOS NICHT MAL GOOGLEMAPS

KONNTE MIR HELFEN
DU KANNST EINFACH KEINE KARTEN LESEN
HABT IHR GESAGT UND FOLGE DEN LICHTERN
DA HABT IHR MICH EINGESAMMELT

ZUM BEISPIEL DER VORGARTEN
AUS DEM WIR BLUMEN GEKLAUT HABEN
UM SIE DEN SCHÖNSTEN JUNGS DER STADT
ZU SCHENKEN
OBWOHL DA BIN ICH MIR NICHT SO SICHER
OBWOHL WIR SIE IHNEN GESCHENKT HABEN
VIELLEICHT LIEBTEN WIR AUCH EINFACH
DEN KICK BEIM KLAUEN

ABER DER GARTEN WIRD UNS SICHER BEWUN-
DERT HABEN
UNSEREN MUT UND WIE WIR GANZ RUHIG
DIE HÄNDE IN DIE ERDE GESTECKT HABEN
UM DIE WURZELN NICHT ZU BESCHÄDIGEN

ZUM BEISPIEL DER FLUSS
MIT JEDEM NEBENARM

ZUM BEISPIEL DIE BOOTE
AUF DENEN WIR JEDEN SOMMER
DAHINGETRIEBEN SIND

ZUM BEISPIEL DIE KNUTSCHENDEN PÄRCHEN
DENEN WIR ZUGERUFEN HABEN
SUCHT EUCH EIN ZIMMER
OBWOHL DIE WOHL EHER NICHT

ZUM BEISPIEL DIE EISLAUFBAHN
DIE IM WINTER AUF DEM MARKTPLATZ STEHT
WIR SIND DA SEIT JAHREN
NICHT MEHR GEFAHREN
ABER MAN VERGISST UNS NICHT SO SCHNELL

ZUM BEISPIEL DER IMBISS
EINE DOPPELTE PORTION POMMES
KOHLENHYDRATE SIND DER TREIBSTOFF
DES LEBENS
HABEN WIR DEN MÄNNERN AN DER
FRITTEUSE ERKLÄRT
UND KETCHUP MAYO!

ZUM BEISPIEL JEDER
DEM WIR UNSERE AUSRUFEZEICHEN ENTGEGEN-
GERUFEN HABEN

ZUM BEISPIEL DAS PARKHAUS MIT DEM BLICK
ÜBER DIE DÄCHER UND DEN KURVIGEN ABFAHRTEN
WIE WIR AUF DEM SKATEBOARD RUNTERBRET-
TERN UND SONGS VON CARDI B GRÖLTEN
ZUM BEISPIEL DIE NOTAUFNAHME

IN DER WIR UNSERE HÄNDE GEHALTEN HABEN
WENN MAL WIEDER ETWAS VERSTAUCHT WAR
ODER GEBROCHEN
UND GEGEN DEN SNACKAUTOMATEN
GESCHLAGEN

ZUM BEISPIEL JEDER SNACKAUTOMAT DER STADT
SIE HATTEN UNS AUSERKOREN UM JEDES MAL
DIE SCHOKORIEGEL NICHT AUSZUSPUCKEN
SCHÄTZE SIE FANDEN DAS LUSTIG
UND WIR AUCH

ZUM BEISPIEL DER HÜGEL
AUF DEM WIR STANDEN
UNSERE ZEUGNISSE IN DER HAND
JETZT WIRD ALLES NEU GEMISCHT
HABEN WIR GERUFEN

MANCHE VON UNS WUSSTEN SOFORT
WO ES HINGEHEN SOLLTE
SO WIE ICH
VIELLEICHT WEIL ICH GEÜBT WAR
OHNE KARTE ZURECHTZUKOMMEN
DIR WIRD SCHON WAS EINFALLEN
HABEN WIR DEN ANDEREN GESAGT
SIE DENKEN NOCH NACH
IMMER NOCH NACH

DER HÜGEL AUF DEM WIR
UNSERE ERSTE ZIGARETTE GERAUCHT HABEN
MIT STOLZER HEIMLICHTUEREI
AUS DER JACKENTASCHE GEZOGEN
WIR DACHTEN JETZT WAREN WIR ERWACHSEN
WIE IMMER KLEINER FINGER
UM KLEINER FINGER
BLEIBT UNSER GEHEIMNIS
WIR HABEN UNS NIE GEGENEINANDER
VERSCHWOREN
IMMER NUR MITEINANDER

ZUM BEISPIEL DER HÜGEL
AUF DEM WIR SAẞEN
KNIE AN KNIE AN KNIE

DER LETZTE ABEND VOR DEM AUFBRUCH
ES GIBT AUCH ANDERE LICHTER
AN DENEN WIR UNS TREFFEN KÖNNEN
HABEN WIR GESAGT
KLEINER FINGER UM KLEINER FINGER

DER MOND HATTE UNS IM BLICK
WIE WIR UNS ERZÄHLEN
WAS ALLES MÖGLICH IST
WAS ALLES VOR UNS LIEGT
MAN SIEHT JETZT WAHRSCHEINLICH NOCH
DIE ABDRÜCKE UNSERER HINTERN IM GRAS
UMGEKNICKTE HALME
BIS DER WIND SIE WIEDER AUFSTELLT

DER WIND WIRD UNS NICHT VERMISSEN
ER KANN UNS FOLGEN
ABER DIE GANZE STADT
ZUM BEISPIEL DIE LICHTER
ZUM BEISPIEL DIE STRAẞEN
ZUM BEISPIEL DIE HÄUSER
ZUM BEISPIEL WIR

VERDÄCHTIGE GEFÜHLE

WIE EMOTIONAL DARF POLITIK SEIN?

Ein Gedankenspiel zum Einstieg: Stell dir vor, ihr habt als Klassengemeinschaft die Aufgabe bekommen, euch gemeinsam zu überlegen, wohin die Abschlussfahrt gehen soll. Ihr fangt an zu diskutieren, sammelt die einzelnen Vorschläge und besprecht euch zunächst mit euren Freund:innen, danach in Kleingruppen und schließlich in der gesamten Klasse. Wie kommt ihr am besten zu einer gemeinsamen Lösung und welcher Vorschlag gewinnt? Sollen sich die klügsten, lautesten, einfallsreichsten oder beliebtesten Schüler:innen durchsetzen? Zählen am Ende die beste Idee und die besseren Argumente oder sind es die Vorschläge der Personen mit dem meisten Charisma?

Seit den Anfängen der Demokratie betonen Philosoph:innen und politische Theoretiker:innen immer wieder, wie wichtig das Gespräch, rationales Denken und Argumentieren für unser demokratisches Miteinander sind. »Politisch zu sein, in einer Polis zu leben«, schreibt Hannah Arendt in ihrem Buch *Vita activa oder Vom tätigen Leben*, »das hieß, dass alle Angelegenheiten vermittels der Worte, die überzeugen können, geregelt werden, und nicht durch Zwang oder Gewalt.«

Von Aristoteles bis Hannah Arendt wurde immer wieder auf die besondere menschliche Fähigkeit zur politischen Organisation der gesellschaftlichen Ordnung hingewiesen. »Aristoteles' Bestimmung des Menschen als eines politischen Lebewesens beruhte also auf Erfahrungen, die gerade außerhalb des natürlichen Bereichs menschlichen

Zusammenlebens gemacht waren und zu diesen in einem ausgesprochenen Gegensatz standen«, schreibt Hannah Arendt. Traditionell steht die politisch organisierte Gemeinschaft im Gegensatz zum naturhaften Zusammenleben. Auf der einen Seite regieren biologische Bedürfnisse, Emotionen, Instinkte und das Recht des Stärkeren. Auf der anderen Seite sind es das Reden und Handeln auf der Basis von Gesetzen und rationalen Argumenten. Laut Hannah Arendt zeichnete sich bereits die griechische Demokratie dadurch aus, »dass sie vom Reden bestimmt war und das zentrale Anliegen der Bürger das Miteinander-Sprechen war«. In diesem Sinne unterscheidet die Art des politischen Zusammenlebens den Menschen auch von den Tieren.

Eine der einflussreichsten philosophischen Kommunikationstheorien des 20. Jahrhunderts stammt von dem Philosophen und Soziologen Jürgen Habermas. Die ideale argumentative Auseinandersetzung braucht seiner Meinung nach eine »chancengleiche und symmetrische Teilnahme an der Argumentation«, wie Habermas in seinem Buch *Faktizität und Geltung* erklärt. Unter dieser Bedingung sei es möglich, dass man sich rational verständigen und einig werden kann. Ihm zufolge brauchen wir Augenhöhe und gegenseitige Anerkennung, damit »der eigentümlich zwangslose Zwang des besseren Arguments« greift, wie Habermas es einmal an anderer Stelle formuliert hat. Das bedeutet wiederum, dass man in Politik und Öffentlichkeit nur gemeinsam handeln kann, wenn man grundsätzlich bereit ist, sich dem »zwanglosen Zwang des besseren Arguments« zu fügen.

OHNE KONSENS UND VERTRAUEN KEIN GEMEINSAMES HANDELN

In der Theorie klingt das mit dem zwanglosen Zwang des besseren Arguments viel einfacher, als es ist. Bei den meisten Herausforderungen gibt es nämlich eine

Vielzahl an Argumenten, Perspektiven und Lösungsmöglichkeiten, sei es bei der Bekämpfung des Klimawandels, beim diplomatischen Umgang mit Ländern wie Russland und China oder beim Treffen der richtigen Maßnahmen in einer Pandemie. Mit welchen Mitteln könnten wir zum Beispiel erreichen, dass weniger Mikroplastik in die Meere und das Grundwasser gelangt? Sind Papiertüten grundsätzlich besser als Plastiktüten? Vieles spricht für das Verwenden von Papiertüten anstelle von Plastik. Letzteres lässt sich schlechter recyceln und ist schädlicher als Papier, wenn es verbrannt wird oder in Gewässer gelangt. Dennoch gibt es Studien und Argumente, die auch gegen Papiertüten sprechen, weil dafür mehr Bäume gefällt werden und dadurch auch hier der ökologische Abdruck in der Herstellung ziemlich groß ist.

Gerade in solchen Diskussionen sind also nicht nur rationale Argumente gefragt, sondern auch die Fähigkeit, mehrere Möglichkeiten durchzuspielen und sich am Ende auf einen oder mehrere Kompromisse zu einigen. In seltenen Fällen geht es nämlich um ein radikales Entweder-oder. Es könnte also beides sinnvoll sein, Plastik- und Papiertüten, je nach Kontext und Situation eben. Darüber hinaus könnte man sie teurer und haltbarer machen, damit man sie viele Male benutzt. Und ganz sicher gibt es auch noch weitere Alternativen zur Lösung des Problems. Zum Beispiel, dass man immer wieder die gleichen Stofftaschen von zu Hause mitnimmt und auf diese Weise so wenig Papier- und Plastiktüten wie möglich verbraucht. Denkbar und möglich wäre aber auch, dass wir in Zukunft ein heute noch unbekanntes Material herstellen, das umweltverträglicher ist als Papier, Plastik und Stoff.

Bei politischen Entscheidungen braucht es vor allem Kompromissfähigkeit und Offenheit für neue Impulse und für Lösungsansätze, die die bisherigen Vorgehensweisen ergänzen. Das war übrigens auch Jürgen Habermas klar, der in seiner *Theorie des kommunikativen Handelns* betont, dass das Ziel politischer Verhandlungen ein gemeinsamer Konsens sein muss. Das gilt übrigens nicht nur für die nationale Politik, sondern vor allem auch in der internationalen Zusammenarbeit. Insbesondere globale Probleme wie die Erderwärmung oder die diplomatische Verhinderung eines Atomkriegs lassen sich nur gemeinsam lösen. Überhaupt können wir die Herausforderungen der Zukunft wie Klimawandel, soziale Ungleichheit, Stärkung der Demokratien weltweit, atomare Abrüstung, erneuerbare Energien usw. nur dann schaffen, wenn wir gemeinsam mit vielen Ländern und Partner:innen zusammenarbeiten.

In der Außenpolitik hat sich für das Aushandeln von Kompromissen das Konzept des Multilateralismus durchgesetzt. Wörtlich bedeutet Multilateralismus »vielseitig«. Es setzt sich aus den lateinischen Begriffen »multus« (viele) und »latus« (Seite) zusammen. Ziel der »vielseitigen« Zusammenarbeit ist, dass mehrere Staaten ihre Politik miteinander absprechen und gleichberechtigt gemeinsam handeln. Auch dafür braucht es einen gemeinsamen Konsens, zum Beispiel das Wissen, dass am Ende alle Staaten dann am meisten profitieren, wenn sie zusammenarbeiten und sich auf Regeln einigen. Zwei grundsätzliche Bedingungen dafür sind, dass Staaten (erstens) ihre eigenen Interessen nicht ohne Rücksicht auf andere Länder verfolgen und dass (zweitens) alle bereit sind, sich auf die Argumente der anderen einzulassen. Denn kommunikatives Handeln, wie Jürgen Habermas sagen würde, und der Austausch von rationalen Argumenten sind die Basis für eine politische Einigung.

GEFÜHLE UND POLITIK SIND KEINE GEGENSÄTZE

Doch wie viel persönliche Beziehung und Sympathie braucht es, wenn man gemeinsam etwas bewegen und einen Konsens finden will? Gehen Kompromisse im Alltag nicht viel einfacher und besser mit Menschen, die man kennt und vielleicht sogar sympathisch findet? Wenn man sich gar nicht kennt, könnte das einen Kompromiss zumindest erschweren. Denn Kompromisse beruhen meist auf Vertrauen. Man sollte sich wenigstens ein bisschen kennen und sich vielleicht sogar mögen. Genau dieser Punkt wird in den rationalen Handlungstheorien jedoch häufig ausgeblendet: die Tatsache, dass Gefühle wie Sympathie und Vertrauen beim Finden und Aushandeln von gemeinsamen Lösungen eine wichtige Rolle spielen. Ein Grund dafür könnte darin liegen, dass wir Gefühlen gegenüber misstrauisch sind, gerade und besonders in der Politik.

Gefühle gehören zwar zum menschlichen Leben dazu, werden aber traditionell eher dem »natürlichen Bereich menschlichen Zusammenlebens« zugeordnet. Auf den ersten Blick scheinen sie dem traditionellen Ideal politischer Zusammenarbeit also entgegenzulaufen. Ob wir jemanden sympathisch finden oder nicht, sollte gerade im rationalen Gespräch über politische Inhalte keine Rolle spielen. So zumindest stellen wir uns das politische Gespräch in unserer Gesellschaft idealerweise vor. Wir sollten möglichst objektiv bleiben und die Dinge rational betrachten. Wer zu viel Emotion zeigt, wird gerade in der Politik schnell nicht mehr ernst genommen. Eine ähnliche Skepsis herrscht übrigens gegenüber persönlichen Freundschaften in der Politik. Man soll seine Entscheidungen aufgrund von Fakten und Argumenten treffen und nicht aus freundschaftlichen Gefühlen oder Interessen heraus. Politische Entscheidungen sollten im Sinne der bestmöglichen Lösung für alle Bürger:innen gefällt werden, das heißt objektiv, neutral und rein rational, so die vorherrschende Meinung.

Auffallend ist aber doch, dass es gerade in politischen Debatten immer wieder besonders hitzig und häufig auch sehr emotional zugeht. Insofern muss man sich schon die Frage stellen: Kann man sich überhaupt für eine Position wirklich starkmachen, wenn man nicht emotional hinter ihr steht? Kann man leidenschaftlich für eine Sache argumentieren, ohne emotional davon auch ein Stückweit überzeugt zu sein? Wie viel Vertrauen und Sympathie brauchen wir, um uns auf Kompromisse einzulassen und gemeinsam neue politische Ideen zu entwickeln? Bei all diesen Fragen geht es zunächst einmal darum, wie wir auf politischer Ebene am besten zusammenarbeiten können.

Politische Freundschaften sind aber ja nicht nur auf Politiker:innen beschränkt oder auf Menschen, die politisch etwas bewegen wollen. Letztlich betrifft das auch die Frage, was uns alle als politische Gemeinschaft verbindet. In Deutschland, Europa und weltweit. Sind es gemeinsame Überzeugungen und Ansichten, oder ist es das Verfolgen persönlicher Interessen, die dann irgendwie in gemeinsamen Interessen zusammenlaufen? Und worauf beruhen diese gemeinsamen Interessen dann?

ZWISCHEN EIGENINTERESSE UND GEMEINSCHAFTSGEFÜHL

Unter Philosoph:innen und Forscher:innen ist diese Frage bis heute übrigens hochumstritten und ungeklärt. Ihre Einschätzungen liegen weit auseinander. Insgesamt gibt es zwei prominente Lager, die entgegengesetzte Positionen einnehmen, das liberale und das kommunitaristische Lager. Am meisten streiten sie sich über die Frage, worauf sich eigentlich das politische »Wir« stützt. Also über die Frage, was die jeweiligen Gruppen wirklich verbindet und was die politische Freundschaft im Kern ausmacht. Für liberale Interpret:innen beruht der politische Zusammenschluss von Bürger:innen auf dem individuellen Eigeninteresse und auf dem Nutzen des Einzelnen.

In diesem Sinne hat sich in vielen liberalen Demokratien wie beispielsweise in den USA auch die Ansicht durchgesetzt, dass der Schutz des Individuums an erster Stelle steht. Dieser politische Liberalismus gründet in drei grundlegenden Einsichten: Individuen sind wichtig, sie sind schutzbedürftig und Individualität ist etwas Gutes. Daher besteht die Hauptverpflichtung der Gesellschaft auch darin, die Grundrechte Einzelner zu garantieren. Aus der Sicht der liberalen Theoretiker:innen handelt jede:r aus seinem Eigeninteresse heraus und in diesem Sinne sind der Staat und die Einhaltung der Gesetze im Interesse aller. Weil zum Beispiel jede:r persönlichen Besitz haben möchte, profitieren am Ende alle davon, dass Diebstahl verboten ist.

Oder unser persönlicher Wunsch, gesund zu bleiben: Auch vom Recht auf körperliche Unversehrtheit profitieren letztlich alle. Daher liegt es auch im Eigeninteresse jedes Einzelnen, andere nicht mit gefährlichen Krankheiten anzustecken und dafür im Zweifelsfall auch Maßnahmen in Kauf zu nehmen. Nur wenn ich alles Erforderliche dafür tue, um andere zu schützen, kann ich auch erwarten, dass andere mich schützen. Genauso liegt aber auch das Recht auf körperliche Selbstbestimmung im Interesse aller. Weil jede:r über den eigenen Körper selbst bestimmen will, verstößt ein verpflichtendes Gesetz für alle (z.B. eine allgemeine Impfpflicht) gegen das Prinzip dieses Eigeninteresses. Allerdings geht der Liberalismus davon aus, dass dieses Eigeninteresse rein rational gesteuert sein soll, und zwar ohne Gefühle und ohne emotionale Färbung. Was schon sehr erstaunlich ist, wenn man bedenkt, wie emotional solche Themen wie Gesundheit oder Eigentum sein können. Was sind der Verlust von liebgewonnenen oder wertvollen Gegenständen oder eine tödliche Krankheit, wenn nicht emotionale Herausforderungen?

Traditionell wird das rationale Eigeninteresse mit dem Modell des ›Homo oeconomicus‹ begründet. Demnach sind Menschen rational berechenbare Wesen, die in jeder Situation ihren Eigennutz suchen. Selbst dann, wenn sie sich um andere kümmern oder anderen helfen, hätte das immer einen egoistischen Hintergrund. Eine der berühmtesten Theoretikerinnen des Eigeninteresses und Verteidigerinnen des Egoismus war die russisch-US-amerikanische Philosophin, Ökonomin und Schriftstellerin Ayn Rand (1905–1982). Für sie ist das moralische Ziel jedes Menschen die materielle und geistige Unabhängigkeit. Alle Formen der Abhängigkeit lehnt sie radikal ab.

Egoismus gilt für Ayn Rand als höchster moralischer Wert. Also etwas, nach dem jede:r streben sollte. Nicht Gefühle sind es, die uns zu egoistischen Handlungen antreiben, sondern das rationale Nachdenken darüber, was wir als unsere Pflicht, unseren Nutzen und unsere Freiheit ansehen, behauptet sie. In ihrem Buch Der Streik lässt Ayn Rand einen ihrer Romanhelden folgende Worte – mit erstaunlich emotionalem Unterton – sagen: »Bei meinem Leben und meiner Liebe zum Leben schwöre ich, dass ich niemals um eines anderen Menschen willen leben werde, noch von einem anderen verlangen werde, um meinetwillen zu leben.«

Das Konzept des »rationalen Egoismus« findet bis heute bei Vertreter:innen einer neoliberalen Wirtschaftspolitik viel Zuspruch. Tatsächlich setzte sich Ayn Rand mit ihren Schriften auch für eine neoliberale Politik und einen uneingeschränkten Kapitalismus ein. Egoismus war für sie vor allem auch ein politisches Programm. Sie kritisierte unter anderem den Wohlfahrtsstaat, der ihrer Meinung nach zu stark in die Wirtschaft eingreife und den Kapitalismus damit einschränke. Außerdem verurteilte sie den Kommunitarismus ihrer Zeit, eine Theorie und politische Bewegung, die staatliche Maßnahmen in der Wirtschaft befürwortete. Auch heute vertreten Kommunitarist:innen noch die Position, dass staatliche Maßnahmen wichtig sind und den wirtschaftlichen Aufschwung fördern können.

Dem Konzept des »rationalen Eigeninteresses« halten die Vertreter:innen des kommunitaristischen Lagers entgegen, dass ein politisches »Wir« ohne Gemeinschaftsgefühl gar nicht möglich ist. Für sie stützt sich jeder Staat und jede politische Gemeinschaft auf Gefühle der Solidarität. Während die liberalen Vertreter:innen allen

Menschen ein emotionsloses Eigeninteresse unterstellen, sehen die kommunitaristischen Interpret:innen in der politischen Freundschaft hingegen eine lebendige und emotionale Triebkraft. Sie sind überzeugt, dass wir nur auf der Basis solidarischer Gefühle gemeinsam handeln und politisch aktiv werden können.

Erst ein Gemeinschaftsgefühl ermöglicht, dass wir kooperieren und friedlich miteinander streiten können. Rationale Auseinandersetzungen und politische Kompromisse benötigen Verbundenheit. Für Kommunitarist:innen steht daher nicht immer das Individuum an erster Stelle, auch die Gemeinschaft und das Allgemeinwohl besitzen einen hohen Wert. Die Rechte des Einzelnen sollten nie absolut gesetzt werden, meinen sie. Vielmehr geht es bei politischen Entscheidungen immer auch darum, zwischen dem Interesse des Einzelnen und dem öffentlichen Interesse abzuwägen.

Das traditionelle Bild vom politischen Dialog, der objektiv, rational und ohne Emotionen geführt wird, scheint der Realität einfach nicht gerecht zu werden. Im Alltag handeln nämlich Menschen in Gruppen und Netzwerken, bei denen immer auch zwischenmenschliche Beziehungen und Gefühle eine Rolle spielen. Die Frage lautet also nicht, ob es überhaupt Gefühle braucht, um politisch gemeinsam etwas auf die Beine zu stellen. Die richtige Frage lautet vielmehr: Wie viel Gemeinschaftsgefühl und Sympathie ist notwendig, wenn man gemeinsam etwas bewegen will? Und ab wann werden private Freundschaften und Gefühle wiederum hinderlich und führen dazu, dass man Sach- und Beziehungsebene nicht mehr auseinanderhalten kann?

Die Sache war die, dass sie so verflucht klein war. Kein Wunder, dass sie keine Freundinnen hatte. Em stellte sich auf die Zehenspitzen und streckte ihren Arm so weit es ging nach oben, um an den guten Kakao zu kommen, den ihre Mutter im obersten Fach des Küchenschrankes versteckte. Der gute Kakao war ein Schokoblock am Stiel, der langsam schmolz, wenn man ihn in heiße Milch tunkte. Sie bekam ihn gerade so mit den Fingerspitzen zu fassen. Der Kakao war nur für besondere Anlässe, zum Beispiel, wenn jemand dringend Trost brauchte. Und wenn irgendjemand gerade Trost brauchte, dann Em. Jetzt, wo Selma andauernd mit Sophie und Eileen abhing. Sophie, die in ihren Plateauschuhen alle überragte und die jeden Computer hacken konnte.

Und Eileen mit ihrem lauten Lachen und den vielen Locken. Em hatte nichts gegen Locken. Auch nichts gegen Computer. Das wollte sie nur nicht zugeben. Weil Selma heute mit Sophie und Eileen verabredet war, um im Drogeriemarkt nach einer neuen Lidschattenpalette für Eileen zu gucken. Klar, Em ging nicht gerne shoppen, und vielleicht hatte Selma sie einfach nicht gefragt, weil sie das wusste. Oder sie mag mich einfach nicht mehr so gerne, dachte Em. Immerhin waren die drei neulich in der Trampolinhalle, und da hatten sie Em auch nicht gefragt, obwohl Em Trampolin liebte. Vermutlich hatte

Selma einfach von einem Tag auf den anderen entschieden, sie langweilig zu finden. Eben noch lag sie neben ihr, schaute mit ihr gemeinsam Horrorfilme und hielt ihre Hand und plötzlich ging sie mit den anderen shoppen und gruselte sich höchstens noch beim Gedanken, etwas mit Em unternehmen zu müssen. Em legte die Schokolade auf die Arbeitsplatte und fischte ihr Handy aus ihrer Hosentasche. Sie hatte Selma vorhin geschrieben, was sie heute Abend machen würde. Ob sie sich treffen wollten. Wer weiß, hatte sie gedacht, vielleicht spar ich mir den Kakao. Es war eigentlich auch viel zu warm dafür und sie hätte lieber eine Limo mit Eiswürfeln getrunken. Allerdings hatte sie ihre Mutter noch nie sagen hören:

Diese bösen Geister verscheuchen wir mit einer kalten Limo.

Keine Notifications.

Em schnaubte, steckte das Handy weg, holte Milch aus dem Kühlschrank und begann sie in einem Topf zu erhitzen. Wie bescheuert konnte alles sein? Sie kapierte wirklich nicht, warum Selma sich ungefähr noch null Komma null für sie interessierte. Em ging in Gedanken ihre Hobbys durch. Sie dachte über ihre Klamotten nach. Ob ihre Witze witzig waren. Je mehr sie grübelte, umso überzeugter war sie, dass sie der ödeste Mensch auf der Welt war. Sie goss die Milch in eine Tasse, steckte die Schokolade hinein und ließ sich auf den Boden sinken, den Rücken an den Herd gelehnt. Sie war in einem Alter, in dem sich einfach alles zu verändern schien. Aber musste das auch ihre Freundschaft mit Selma betreffen? Em rührte um. Die Schokolade zog braune Schlieren in der Milch. Sie nahm einen Schluck. Und wenn sie sich einfach ein verdammtes Paar Plateauschuhe kaufte?

WER PROFITIERT VON UNSEREN FREUNDSCHAFTEN?

Es gibt Dinge im Leben, an die gewöhnt man sich mit der Zeit. Mehr oder weniger zumindest. Früh aufstehen, frühstücken, zur Schule gehen, Apps und Messages checken – all diese Alltagsdinge laufen größtenteils automatisch ab. Menschen sind »Erfahrungstiere«, meinte einmal der französische Philosoph und Historiker Michel Foucault. Manche Erfahrungen verändern uns grundlegend, andere werden zu Gewohnheiten. Insofern sind wir auch Gewohnheitstiere. Psycholog:innen glauben, dass ungefähr 30 bis 50 Prozent unseres täglichen Handelns durch Gewohnheiten bestimmt werden. Also zum Beispiel, was wir essen, mit wem wir in der Pause reden, welche Playlists wir hören oder welche YouTube-Kanäle wir uns anschauen. Unser Gehirn funktioniert dabei ähnlich wie ein Autopilot, weil es kaum noch darüber nachdenkt, was wir machen.

Manche Dinge müssen wir erst einmal erlernen, bevor sie zur Gewohnheit werden, wie zum Beispiel Gehen, Laufen, Rechnen, Sprechen oder Fahrradfahren. Andere Dinge machen wir uns im Laufe unseres Lebens aktiv zur Gewohnheit. Dabei gibt es unangenehmere Gewohnheiten (Hausaufgaben, Aufräumen, Haushalt usw.) und angenehmere Gewohnheiten (mit unseren Freund:innen chatten, unsere Lieblingsserien anschauen, Hobbys usw.). Interessanterweise ändert sich unser Zeitgefühl, je nachdem, was wir tun. Manchmal will die Zeit einfach nicht vorbeigehen, vor allem bei unangenehmen

Tätigkeiten oder wenn man sich bei bestimmten Themen einfach nur langweilt. Bei anderen Dingen hingegen scheint die Zeit geradezu davonzufliegen. Ein Beispiel, das jede:r kennt: Man ist online, klickt sich von einem Video zum nächsten und ehe man sichs versieht, sind mehrere Stunden vergangen.

Ein Grund, warum die Zeit gerade auf TikTok, Snapchat, YouTube, Instagram & Co. und beim Scrollen allgemein so schnell verfliegt, liegt an den kurzen Zeitspannen. Je kürzer die einzelnen Sequenzen, desto weniger nehmen wir die Zeit, die vergeht, wahr. Dauert ein Video länger, muss es uns schon sehr interessieren, damit wir dranbleiben. Wenn sich etwas in die Länge zieht, werden wir uns auch der Zeitdauer viel mehr bewusst. Bei 10 oder 30 Sekunden wissen wir, dass bald etwas Neues kommt, das uns vielleicht noch mehr interessiert, das uns überrascht, unterhält, berührt. TikTok und Instagram sind nicht zuletzt deswegen so beliebt und erfolgreich, weil wir dort immer wieder Neues und Unterhaltsames in kleinen Häppchen serviert bekommen.

In einer Studie der Freien Universität Berlin hat ein Team von Neurowissenschaftler:innen untersucht, was bei der Nutzung von sozialen Medien in unserem Gehirn passiert. Dabei konzentrierten sie sich auf den Nucleus accumbens, eine kleine, aber bedeutende Struktur im Zentrum des Gehirns. Sie ist verantwortlich für Belohnungen aller Art, bei der Nahrungsaufnahme, bei Geld, Sex und beim sogenannten Reputationsgewinn. Alles, was uns meist rot angezeigt wird, also neue Kommentare, Likes und Nachrichten, aktiviert unser Belohnungszentrum im Gehirn, so das Ergebnis der Studie.

Das Scrollen durch TikTok, YouTube, Instagram & Co. wird uns also leicht zur Gewohnheit, weil es uns belohnt und immer wieder angenehme Gefühle auslöst. Und zwar so sehr, dass die meisten automatisch mehrmals am Tag reingehen und ein komisches Gefühl bekommen, wenn es mal nicht möglich ist. Genau darin besteht übrigens auch der besondere Reiz von angenehmen Gewohnheiten.

Wir wollen sie meist immer wieder tun und sind manchmal geradezu süchtig danach. »Soziale Medien nutzen das Prinzip und basieren fast alle auf einem Instant-Gratification-System: Wir wollen sofortige Belohnung«, schreibt die Autorin, Influencerin und Journalistin Valentina Vapaux in ihrem Buch *Generation Z*. Denn auch unser Gehirn gewöhnt sich an die tägliche Dosis positiver Gefühle. Wir denken vielleicht, dass wir Likes und Herzchen wollen, aber in Wirklichkeit wollen wir das Glückshormon Dopamin.

SOZIALE NETZWERKE ZWISCHEN FREUNDSCHAFT UND WERBUNG

Es gibt aber noch einen anderen Grund, warum wir TikTok, YouTube, Snapchat & Co. so sehr lieben. Wir treffen dort andere Menschen, unsere Freund:innen und können neue kennenlernen. Wahrscheinlich sind unsere Freund:innen sogar mit dafür verantwortlich, dass wir uns überhaupt ein Profil angelegt haben. Denn mal ganz ehrlich: Würde man wirklich auf die Idee kommen, sich ein TikTok-Profil anzulegen, wenn dort sonst niemand wäre, den man kennt? Natürlich könnte es auch einfach so (just for fun!) spannend sein, aber wir müssen ja erst einmal davon erfahren, dass es so etwas wie TikTok gibt, bevor wir uns dort anmelden. Das wiederum läuft meist über Geschwister oder Freund:innen. Man trifft sich dort, spielt zusammen, postet und likt Videos oder macht ein Duett, indem man gemeinsam ein Video erstellt usw. Und dann ist es einfach normal, dass man dort täglich vorbeischaut, denn die meisten anderen machen es ja auch.

Im Prinzip greift auf TikTok und Instagram ein einfacher Mechanismus, den der Literaturwissenschaftler und Kulturanthropologe René Girard (1923–2015) einmal so formuliert hat: »Ich denke, das eigene Begehren entsteht normalerweise durch die Betrachtung, dadurch, dass ich sehe, was eine andere Person begehrt.« Allein bei der Tatsache, dass wir bei TikTok sein wollen, greift bereits dieser

Mechanismus. Wir sehen, dass andere dort sind, und hören sie darüber reden. All das wollen wir dann natürlich auch erleben. Oder anders ausgedrückt: Was andere haben, wollen wir auch haben. »Erst ihr Begehren nach dem Objekt macht es für mich begehrenswert«, meint René Girard. Letztlich geht es hier um ein Habenwollen, ein Begehren, das in sehr vielen Bereichen unserer Gesellschaft existiert. Oder nennen wir es einfach Konsum, wie die Soziolog:innen.

Nun sind TikTok, Snapchat, Instagram & Co. aber keine reinen Freund:innen-Apps und nicht nur für einige wenige Personen oder Freundeskreise gedacht. Im Gegenteil, im Jahr 2021 hat TikTok beispielsweise die Schwelle von 1 Milliarde User:innen überschritten und gehört schon länger zu den größten Social-Media-Apps der Welt. Im Jahr 2020 gab es bereits mehr als 800 Millionen registrierte Nutzer:innen. 41 Prozent davon waren zwischen 16 und 24 Jahre alt. Im Durchschnitt verbrachte jede:r Nutzer:in 52 Minuten pro Tag bei TikTok. Ähnlich wie bei Instagram kommt man auf TikTok früher oder später mit einer endlosen Menge an Menschen in Kontakt, die man meist nicht kennt. Wenn man will, erhält man Einblicke in das Leben und den Alltag von Menschen auf der ganzen Welt.

Weltweit benutzen mittlerweile mehr als 4,6 Milliarden Menschen soziale Medien, also knapp 60 Prozent der Weltbevölkerung (Stand Anfang 2022). Täglich werden bei YouTube über 720.000 Stunden Videos hochgeladen und circa 300 Millionen Fotos bei Facebook (Meta) und 67 Millionen bei Instagram gepostet. Nicht zu vergessen die mehr als 650 Millionen Tweets, die jeden Tag veröffentlicht werden.

Wie aber finanzieren sich eigentlich die großen Plattformen wie TikTok, YouTube, Facebook, Instagram & Co.? Denn bisher ist der meiste Content in den sozialen Medien frei zugänglich, und man zahlt ja auch keine Mitgliedsgebühren oder Ähnliches, um auf TikTok, YouTube & Co. zu sein. Die Plattformen müssen sich daher größtenteils über Werbeeinnahmen und Anzeigen finanzieren. Was wiederum nichts anderes bedeutet, als dass Unternehmen und Privatpersonen sich selbst und ihre Produkte gegen Geld bewerben. Ziel ist immer das Gleiche. Es geht um die Aufmerksamkeit der User:innen, damit sie früher oder später die Produkte kaufen.

WIE PLATTFORMEN MIT ANZEIGEN UND DATEN VIEL GELD VERDIENEN

In anderen Fällen bewerben Unternehmen konkrete Stellenanzeigen und wollen sich als attraktive Arbeitgeber:innen präsentieren. Nicht selten holen sich die Unternehmen Unterstützung bei Influencer:innen, Blogger:innen oder Prominenten und Stars, die ihre Produkte bewerben sollen. Wenn also jemand Nahrungsmittel, Energydrinks, Kleidung oder andere Dinge empfiehlt, dann handelt es sich eventuell um einen bezahlten Werbeauftrag, der in der Regel auch als solcher gekennzeichnet werden muss. Ähnlich wie die Werbeblöcke beim Scrollen (TikTok) und die gesponserten Beiträge (Instagram) kann man all das natürlich ignorieren und wegklicken. Das ändert aber nichts daran, dass die Plattformen ausgeklügelte Werbestrategien bedienen und damit ihren Umsatz machen.

Eines der größten Geschäftsmodelle besteht in sogenannten »personalisierten Werbeanzeigen«. Dafür sammeln die Plattformen möglichst viele Daten der User:innen, tracken deren Klicks und Aktivitäten. Daraus erstellen sie ein personenbezogenes Profil, das unterschiedlichen Zielgruppen und Regionen zugeordnet wird. Es wird unter anderem festgehalten, wie alt wir sind, wo wir wohnen, welches Geschlecht wir haben, für welche Produkte wir uns interessieren und was wir alles kaufen. Häufig wird auch gemessen, wie lange wir auf einer Seite verweilen. Wir sind also alles andere als unbeobachtet, wenn wir online sind.

Auf der Basis dieses Profils bekommen wir als User:innen wiederum ausgewählte Produkte vorgeschlagen, die den eigenen Vorlieben entsprechen sollen. Was mal mehr und mal weniger gut klappt. Übrigens ist das auch der Grund, warum man so häufig eine Werbung zu genau den Produkten erhält, die man vorher bereits irgendwo angeschaut oder gekauft hat. Ein Unternehmen, das bei Instagram, Facebook, YouTube oder TikTok eine Anzeige schaltet, zahlt also nicht nur für die Anzeige selbst. Bezahlt wird auch dafür, dass die Werbung an bestimmte Zielgruppen ausgespielt wird. Das besonders Lukrative an diesem Geschäftsmodell ist: Die Daten selbst sind frei verfügbar und kostenlos, was für die Plattformen wiederum hohe Gewinne bedeutet. Daher war ihr Geschäftsmodell auch von Anfang an auf das Sammeln der freien Daten- und Kommunikationsströme ausgelegt.

Der Werbeumsatz von YouTube ist seit der Gründung 2005 stetig gestiegen und belief sich im Jahr 2021 auf rund 28,9 Milliarden US-Dollar. Facebook bzw. Meta erreichte mit seinen Werbeeinnahmen 2021 sogar einen Spitzenwert von ca. 115 Milliarden US-Dollar. Ebenso steigen die Werbeumsätze von Google von Jahr zu Jahr. Allein 2021 setzte das Unternehmen mit Werbung rund 209,5 Milliarden US-Dollar um. Und auch bei TikTok stammt ein Großteil des Umsatzes aus Werbeeinnahmen.

Weil die meisten großen Datenunternehmen wie Google, Amazon, Meta, YouTube & Co. ihren Hauptsitz im Ausland haben, entweder in den USA oder TiKTok in China, müssen sie in Europa und Deutschland keine Steuern zahlen. Und das, obwohl sie ihre Umsätze ja mit der Hilfe von allen User:innen weltweit machen. Trotzdem müssen die großen Firmen wie Amazon, Google und Facebook den in Deutschland oder in anderen europäischen Ländern gemachten Umsatz vor Ort kaum bis gar nicht versteuern.

Laut dem israelischen Historiker und Autor Yuval Noah Harari sind Daten zum wichtigsten Rohstoff des 21. Jahrhunderts geworden. Wer massenweise Daten sammelt, besitzt Macht und Geld.

Eine Plattform kann ihre gesammelten Daten verarbeiten, auswerten und verkaufen. Natürlich besteht hier auch immer die Gefahr, dass die Daten für politische Zwecke missbraucht und zur Manipulation von User:innen und Wähler:innen genutzt werden. International bekannt wurde etwa der Skandal um das Datenanalyse-Unternehmen Cambridge Analytica, das 2018 Insolvenz anmeldete. Es soll unter anderem massenweise Facebook-Datensätze missbräuchlich verwendet und dadurch das Wähler:innenverhalten in den US-Präsidentschaftswahlen von 2016 und das Brexit-Referendum im gleichen Jahr beeinflusst haben. Angeblich waren das Wahlkampfteam von Donald Trump und das Lager der Brexit-Kampagne ›Leave-eu‹ in diesen Skandal verwickelt.

PLATTFORMEN KÖNNEN POLITISCH MISSBRAUCHT WERDEN

In China, England und Russland sind Videoüberwachungssysteme bereits flächendeckend im Einsatz. Mit der Hilfe von Gesichtserkennung werden auch diese Systeme zum Sammeln und Auswerten von Daten genutzt. In einigen chinesischen Geschäften kann man mittlerweile mit dem Gesicht bezahlen.

»Nach der Bestellung scannt eine 3D-Kamera das Gesicht des Kunden, der dann noch seine Handynummer eingibt«, schreibt der Reporter Michael Radunski in der Zeitschrift *fluter*. Auch in Chinas Schulen ist die Überwachung durch künstliche Intelligenz bereits angekommen. So zum Beispiel in den Klassenzimmern eines Gymnasiums in der Metropole Hangzhou. Hier erfassen Kameras alle 30 Sekunden die Gesichtsausdrücke der Schüler:innen. Durch einen Algorithmus soll herausgefunden werden, wie es ihnen geht, ob sie aufmerksam, begeistert, glücklich oder traurig sind. Sobald die Aufmerksamkeit einer Schüler:in einen Wert unterschreitet, können die Lehrer:innen entsprechend reagieren.

Am umfassendsten ist das chinesische Überwachungssystem »Social Credit System«. Hierbei sollen sämtliche Lebensbereiche im Alltag der Chines:innen erfasst werden: wie pünktlich man seine Rechnungen bezahlt, ob man die Verkehrsregeln beachtet, sich um seine Eltern und Freund:innen kümmert oder sich anderweitig sozial engagiert und Geld für gute Zwecke spendet. Alles, was als »gutes« Verhalten definiert wird, bringt Pluspunkte, »schlechtes« bzw. nicht regelkonformes Verhalten wird mit Minuspunkten bestraft. Kritik an der Politik der chinesischen Regierung soll besonders viele Minuspunkte einfahren. Der Punktestand soll wiederum beeinflussen, wie man in anderen Bereichen behandelt wird, also wie schnell man einen Arzttermin erhält, auf welche Schule man gehen darf oder ob man befördert wird.

Yuval Noah Harari sieht noch eine weitere Gefahr für die Zukunft des sogenannten Datenkapitalismus in den sozialen Medien: eine neue Art des Kolonialismus. Wenn in Zukunft alle Daten an nur zwei Orten zusammenfließen würden, also zum Beispiel in China und in den USA, könnten die anderen Länder auf Dauer von diesen abhängig werden, so Harari. Europa wäre dann möglicherweise eine Datenkolonie. Europäische Daten würden von den großen Plattformen ausgebeutet und weiterverarbeitet, so wie früher Rohstoffe wie Gold, Edelsteine oder Kupfer aus den Kolonien in die Kolonialmächte eingeführt und dort weiterverarbeitet wurden. Damit das nicht passiert und es nicht zu einem neuen Datenkolonialismus kommt, brauchen wir politische und rechtliche Vereinbarungen darüber, wem die Daten eigentlich gehören und wer sie zu welchem Preis sammeln, speichern und weiterverarbeiten darf.

Eines steht am Ende fest: Für die großen Plattformen sind unsere täglichen Konsumgewohnheiten und unser Wunsch nach Vernetzung ein äußerst lukratives Geschäft. Klar, auch wir als User:innen profitieren. Wir können uns weltweit mit Menschen vernetzen, die wir sonst wahrscheinlich niemals kennengelernt hätten. Wir können uns in Communities mit Gleichgesinnten austauschen und neue Communities ins Leben rufen, uns zusammenschließen und politische Aktionen starten. Aus Gamerbekanntschaften entstehen unter Umständen echte Freundschaften und ein trans Jugendlicher aus Bayern kann ohne Umwege Gleichgesinnte in Hamburg finden. Das alles ist weit mehr als Unterhaltung und Informationen.

Trotzdem bereichern sich die Plattformen mithilfe von Rohstoffen (Daten) und Inhalten, die ihnen eigentlich nicht gehören und für die sie im Grunde auch nicht viel tun. Die User:innen und Kreativen sind diejenigen, die die Inhalte erstellen und teilen. Sie sind es, die diese riesige Industrie aus Konsum, Werbung, Unterhaltung und Empfehlungen am Laufen halten und denen letztlich auch die Daten gehören (sollten). Die Plattformen selbst stellen lediglich die digitale Infrastruktur und halten die Aktivitäten der User:innen in Datensätzen fest, auf denen sie wiederum ihr Geschäftsmodell aufbauen.

»Die Herausforderung in der heutigen Kreativwirtschaft besteht darin, dass Kreative reich an sozialem Kapital und arm an finanziellem Kapital sind«, meint die US-amerikanische Aktivistin und Investorin Li Jin. Sie setzt sich daher für eine Ownership Economy ein, in der die kreativen Hersteller:innen von Inhalten (sogenannte Content Creator:innen) an den Werbeeinnahmen und Gewinnen beteiligt werden. »Stellt euch eine Welt vor, in der Facebook den Nutzern gehört«, sagt sie in einem Beitrag für das internationale Wirtschaftsmagazin *The Eonomist*. Li Jin träumt sogar von einem Grundeinkommen für Kreative und Content Creator:innen, dessen Finanzierung durch die großen Plattformen abgesichert wird.

Auch die Rechte der User:innen müsste man in diesem Sinne stärken. Denn letztlich lebt jede Plattform auch von der Aufmerksamkeit und Aktivität der User:innen, vom Content, von den vielen Comments und Likes, mit denen sie die sozialen Medien täglich füttern. Sollten User:innen daher nicht wenigstens bei der Frage Mitspracherecht haben, welche Daten gesammelt und wofür sie eingesetzt werden?

16:54 88%

Sevi

bei dir alles ok?
16:00

Hallo?
16:32

mila meld dich mal sonst mache ich mir sorgen
16:33

sevi die kacke ist am dampfen
16:35

hab voll schiss
16:35

was ist los?
16:37

schwörst du dass du es keinem weitersagst?
16:37

das muss echt unter uns bleiben
16:37

klar mann was ist los
16:38

für wen hältst du mich?
16:38

Ok
16:40

bin zwei tage drüber
16:40

🥴
16:41

oh mist
16:41

hast du schon test gemacht?
16:41

trau mich nicht
16:45

verstehe
16:46

aber besser wissen als nicht wissen
16:46

ja aber was ist wenn…
16:48

dann kümmern wir uns darum
16:50

wir überlegen was du willst und was du brauchst
16:51

stell dir mal vor julian als vater
16:51

geht gar nicht ey
16:52

😵
16:52

hast du schon einen test gekauft?
16:52

no traue mich nicht mal das bin so feige
16:52

bist du zuhause?
16:52

ja
16:53

ok fahre jetzt los und mache zwischenhalt
16:53

sterbe
16:53

wird schon
16:54

bin ja da
16:54

danke dass du da warst & alles
17:13

bin so erleichtert
17:13

ich auch
17:22

sags dir ehrlich war noch nicht bereit tante zu werden
17:22

haha no way einfach
17:23

love you
17:23

🖤🖤🖤

FREUNDSCHAFT & DEMOKRATIE

WO KÖNNEN WIR UNS FREI BEWEGEN UND AUSTAUSCHEN?

In der koreanischen Serie »Juvenile Justice« (Jugendgericht) werden in der Eliteschule Moonkwang High School Prüfungsaufgaben und Lösungsantworten von Klausuren geleakt. Drahtzieher der Aktion ist eine Schüler:innengruppe namens ›Descartes‹, die die Daten allerdings exklusiv für sich behält und nicht allen Schüler:innen zugänglich macht. Das Datenleck wird öffentlich und entwickelt sich zu einem Skandal. An der Moonkwang High School sind viele Kinder aus angesehenen Familien, die wichtige Posten in Ministerien, in der Justiz und in anderen Bereichen der Gesellschaft besetzen. Als der anerkannte Richter Kang Won-joong den Prozess übernehmen soll, weiß er noch nicht, dass auch sein Sohn Teil der Descartes-Gruppe war, wenn auch nur für kurze Zeit. Gleichzeitig befindet sich Kang Won-joong in der Bewerbungsphase für einen ranghohen Ministerposten, für den er von einer der führenden Parteien Koreas nominiert wurde.

Nun steht er vor der Wahl: Ruft er alle Verdächtigen und Zeug:innen auf und bringt damit seinen Sohn vor Gericht, oder manipuliert er die Liste so, dass sein Sohn zusammen mit ein paar anderen Schüler:innen nicht darauf auftaucht? Entscheidet er sich für Recht und Wahrheit, würde das seine Karrierepläne zerstören, und er müsste seinen eigenen Sohn anklagen. Fliegt sein Manipulationsversuch auf, würde das ebenso seinen guten Ruf vernichten. Kang Won-joong sitzt in einem klassischen Dilemma. Am Ende entscheidet er sich für seinen persönlichen Erfolg und nutzt seinen Einfluss, um Sohn und Karriere zu schützen. Was ihm letztlich nicht gelingt, denn eine Richterin kommt ihm auf die Schliche und lässt die Affäre auffliegen.

Dieses fiktive Beispiel veranschaulicht ziemlich gut, wie unser Privatinteresse mit anderen Interessen in Konflikt geraten kann. In seinem Streben nach Erfolg und einem angesehenen Status stellt der Richter Kang Won-joong sein privates Interesse über das öffentliche Interesse. Seinen persönlichen Vorteil und seine Familie stellt er höher als die politischen Regeln, auf die sich die Gesellschaft geeinigt hat. Gleichzeitig stützt er damit die soziale Ungleichheit. Denn während einige Schüler:innen sich bessere Noten erschlichen haben und ungeschoren davonkommen (sollen), werden andere Schüler:innen benachteiligt, weil sie die Lösungen und Fragestellungen nicht kannten. Chancengleichheit sieht anders aus und eigentlich ist das Gericht ja genau dafür zuständig.

»Historisch ist es sehr wahrscheinlich, dass das Entstehen des Stadt-Staates und des öffentlichen Bereichs auf Kosten der Macht und der Bedeutung des Privaten, der Familie und des Haushalts, stattgefunden hat«, schreibt Hannah Arendt in ihrem Buch *Vita activa oder Vom tätigen Leben*. Die Entstehung der Demokratie war also nur möglich, weil man sich darauf einigte, dass es Werte und Grundregeln gibt, die über den privaten, familiären und freundschaftlichen Interessen stehen. Dazu gehören heute unter anderem die Grundrechte, Menschenrechte, die Justiz, ethische Werte wie Unparteilichkeit, soziale Gerechtigkeit und die freie Presse. Eine der wichtigsten Bedingungen hierfür ist laut Hannah Arendt der öffentliche Raum. Ohne Öffentlichkeit keine Politik und keine Demokratie, so lässt sich ihre These zusammenfassen.

PRIVATINTERESSEN KÖNNEN DEMOKRATIEN AUSHÖHLEN

Tatsächlich ist die Entstehung einer politischen Öffentlichkeit alles andere als selbstverständlich. »Während des größten Teils der Menschheitsgeschichte wurden die Menschen in eine kleine, aus wenigen Personen bestehende Gruppe, eine Horde aus Jägern und Sammlern, hineingeboren und sahen an einem normalen Tag nur Menschen, die sie schon ihr Leben lang kannten«, schreibt der britische Philosoph Kwame Anthony Appiah in *Der Kosmopolit. Philosophie des Weltbürgertums*. Erst als wir sesshaft wurden und anfingen, unser Zusammenleben in größeren Städten zu organisieren, konnte sich eine politische Öffentlichkeit entwickeln. Denn gemeinsames politisches Handeln braucht einen Ort, von dem aus man sich organisiert, austauscht und verständigt.

In der griechischen Demokratie war dieser Ort der Marktplatz, die sogenannte Agora, an der sich das politische Leben abspielte. Es ging dabei um gemeinsame Wahrheitssuche und um einen politischen Wettbewerb. Gesucht wurden die besten Ideen und Argumente, wie man das gemeinsame Leben in der Stadt am besten organisieren könnte. Öffentlicher Raum ist für Hannah Arendt aber letztlich kein konkreter Raum wie die Straße, der öffentliche Park, die sozialen Medien oder der Bundestag. Öffentlichkeit entsteht für sie dadurch, dass sich Menschen frei bewegen und austauschen können. Dass sie sich mit ihren unterschiedlichen Interessen auseinandersetzen und verstehen, was sie miteinander verbindet und worin ihr gemeinsames Interesse besteht. »Dass Menschen sich in die Öffentlichkeit überhaupt wagten, ist durch lange Jahrhunderte, eigentlich bis zum Anbruch der Neuzeit, nur dem geschuldet gewesen, dass sie ein Eigenes oder ein Gemeinsames dauerhafter machen wollten als ihr irdisches Leben«, schreibt Arendt.

Öffentlichkeit entsteht laut Hannah Arendt immer dann, wenn wir uns mit gesellschaftsrelevanten Themen auseinandersetzen und nach Ideen suchen, wie wir unser Zusammenleben besser gestalten können. Wichtig ist dabei, dass niemand ausgeschlossen wird und sich jede:r in die Diskussion und in den Wettbewerb um die besten Ideen und Argumente einbringen darf. In diesem Sinne bringen wir alle den öffentlichen Raum selbst hervor, indem wir miteinander sprechen und für das Gemeinwohl handeln.

Dabei ist es keineswegs selbstverständlich, dass wir heute in einem Staat oder in einer Demokratie leben. Über einen großen Zeitraum hinweg haben menschliche Gesellschaften ohne Staat gelebt. »Clans und Sippschaften der Frühgeschichte, semi-nomadische Völker oder sesshafte Stämme mit sehr einfachen Formen sozialer Organisation, sie alle bildeten das heraus, was wir heute Gesellschaft nennen – ohne einen Staat zu besitzen«, schreibt der britische Soziologe, Kulturwissenschaftler und Begründer der Cultural Studies, Stuart Hall, in seinem Aufsatz *Der strittige Staat*. »Der Staat ist eine historische Erscheinung«, so Hall. Er »ist ein Produkt gesellschaftlicher Vereinigung – von Frauen und Männern, die in organisierter Weise zusammenleben; der Staat ist kein natürliches Produkt.« Dieser Aspekt ist nicht zu unterschätzen, denn auch Staaten können versagen und scheitern.

So hat zum Beispiel jeder Staat drei Hauptverpflichtungen gegenüber seinen Bürger:innen. Er muss gewährleisten, dass die Gesetze eingehalten werden (Rechtsstaatlichkeit), dass die Grundbedürfnisse erfüllt werden (Wohlfahrt, Bildung, Gesundheit), und er muss für innere sowie äußere Sicherheit sorgen (Polizei, militärische Verteidigung usw.). Kommt ein Staat seinen Aufgaben nicht (mehr) nach, spricht man von einem gescheiterten Staat. Sogenannte »Failed States« sind zum Beispiel Somalia, Sudan, Nigeria, Zentralafrikanische Republik, aber auch Irak und Afghanistan. Meist regieren hier regionale Clans und andere Gruppen. Eine freie Presse oder eine funktionierende Öffentlichkeit existieren nicht. Falls es überhaupt noch eine staatliche Regierung gibt, ist sie meist korrupt und machtlos. Für gescheiterte Staaten gibt es einen eigenen Index, der regelmäßig aktualisiert wird (»Failed State Index«).

Eine der größten Herausforderungen für unsere liberalen Demokratien besteht laut Hannah Arendt darin, dass unsere privaten, wirtschaftlichen und politischen Interessen sich immer mehr vermischen. Statt das öffentliche Interesse und das Gemeinwohl aller in den Vordergrund zu stellen, stehen für uns persönliche Interessen, berufliche Selbstverwirklichung und unser privates Glück an erster Stelle. Hannah Arendt meint, dass sich die westlichen Demokratien »in Gesellschaften von Arbeitern« und »jobholders verwandelt haben«. Arendt zufolge organisiert sich die moderne Gesellschaft fast nur noch um das private Leben, um Existenzsicherung, private Geldanlagen und die Arbeitswelt. Im Kapitalismus werden individuelle Freiheit und berufliche Selbstverwirklichung immer wichtiger. Man will einen angemessenen Status, eine erfolgreiche Karriere, Familie und ein angenehmes privates Umfeld mit netten Freund:innen. Für Politik hingegen interessiert man sich kaum noch. Dieser Rückzug ins private Leben führt zu einer »Entpolitisierung des Menschen«, so Arendt.

Gleichzeitig wird die Privatwirtschaft immer einflussreicher. Die Macht der Wall Street steht beispielhaft für den Einfluss, den die private Wirtschaft auf die Politik ausübt. Führende Persönlichkeiten von der Wall Street zum Beispiel unterstützten die Kampagnen von Bill Clinton, der 1992 zum Präsidenten der USA wurde. So auch Robert Rubin, der zuerst Chef des Investmentbanking-Unternehmens Goldman Sachs war und danach oberster Wirtschaftsberater des Präsidenten. In seiner zweiten Amtszeit unterschrieb Clinton »ein Gesetz zur Abschaffung des sogenannten Glass-Steagall Act, der Banken vorschrieb, das Geschäft mit Privatkunden und das Investmentbanking strikt zu trennen – um beim teilweise gefährlichen Spekulieren an der Börse nicht das Geld der normalen Sparer zu riskieren«, schreibt der Journalist und Autor Lukas Hermsmeier. Eine Folge der Aufhebung dieser Trennung waren die massiven Auswirkungen der Finanzkrise im Jahr 2008. Aufgrund riskanter Spekulationen gingen ganze Banken pleite und Millionen von Menschen und Privatanleger:innen stürzten in Armut.

Was man hier als wichtige Hintergrundinfo wissen sollte: Hannah Arendt schrieb in einer Zeit, in der die Menschen in der westlichen Welt sich vermehrt mit ihrem Konsum identifizierten. Ob neues Auto, neue Küche, neues Haus oder die neuesten Comedy-Serien, seit den 1950er-Jahren geht es in der Konsumgesellschaft vor allem darum, die neuesten Produkte zu haben. Es geht darum, sich das Gleiche leisten zu können wie die anderen, sie zu überbieten oder eben sich vom Konsum und Geschmack der anderen abzugrenzen. Alles dreht sich um das private Glück. In diesem Sinne kritisiert Arendt auch das »politische Ideal einer Gesellschaft, die nichts kennen will als das ›Glück‹ des Alltäglichen«. Was wiederum zur Folge hat, dass die Öffentlichkeit immer mehr an Bedeutung verliert.

DIE DEMOKRATIE BRAUCHT GRASWURZELBEWEGUNGEN VON UNTEN

Eine funktionierende und lebendige Demokratie braucht aber beides: den privaten und den öffentlichen Raum. In der Antike und im Mittelalter waren diese beiden Bereiche laut Hannah Arendt noch klar voneinander getrennt. In der Neuzeit, also ungefähr seit dem 16. Jahrhundert, ändert sich das immer mehr. In den westlichen Demokratien verwischt der Unterschied zwischen privat und öffentlich, so die These von Hannah Arendt. Was früher privat war, zum Beispiel Arbeit, Karriere und Selbsterhaltung, ist heute ins Zentrum der Öffentlichkeit gerückt. Berufliche Selbstverwirklichung und das Arbeitsleben bestimmen den öffentlichen Raum. Mit weitreichenden Folgen für die Politik, Gesellschaft und das Verhalten von Politiker:innen.

In der heutigen Politik- und Medienlandschaft sehen wir Wähler:innen vor allem als Zielgruppen, als Konsument:innen und Kund:innen – und genau darin liegt für Hannah Arendt ein weiteres Problem. In der Politik gehe es nur noch darum, »die Privatinteressen ihrer Wähler so zu vertreten, wie ein guter Anwalt seine Klienten, so dass der öffentliche Raum, die uns gemeinsame Welt, von individuellen Privatinteressen gleichsam überwuchert wird«. Politiker:innen und Parteien handeln viel zu häufig im eigenen Interesse und verlieren dadurch das Gemeinwesen aus dem Blick. Sie vergessen, was Politik im Kern ausmacht, nämlich gemeinsames politisches Handeln für das Wohlergehen aller – unabhängig von privatwirtschaftlichen und individuellen Interessen.

»Die Öffentlichkeit zerfällt zu Privaträumen. Dadurch wird unsere Aufmerksamkeit nicht auf gesamtgesellschaftlich relevante Themen gelenkt«, meint auch der deutsch-koreanische Philosoph Byung-Chul Han in seinem Buch *Infokratie. Digitalisierung und die Krise der Demokratie*. Oder anders ausgedrückt: Unser Bewusstsein für die Bedeutung des öffentlichen Raumes schwindet. Das heißt, wir vergessen, wie wichtig die Öffentlichkeit für den Erhalt unserer Demokratie ist. Denn wir brauchen Orte und Räume, an denen wir uns als gleich, ebenbürtig und frei erleben, als Ausgleich zu einer Welt voller Ungleichheiten, Hierarchien, Konsum- und Einkommensunterschiede, Rankings und Likes. In der griechischen Demokratie war das der öffentliche Raum, in dem laut Hannah Arendt Folgendes galt: »Freisein hieß weder herrschen noch beherrscht werden.« Wo und wie können wir uns als freie Bürger:innen im gemeinsamen Gespräch begegnen, auf Augenhöhe, jenseits von Status, Besitz, Beliebtheit, Prominenz, wirtschaftlichen Privatinteressen und Macht?

An dieser Stelle kommen auch Freundschaften ins Spiel. Sie sind zwar nicht per se politisch, können es aber werden. In Russland hat sich beispielsweise eine Gruppe junger Aktivist:innen zusammengeschlossen, die gleichzeitig befreundet ist. Politisches Engagement und Freundeskreis gehören für sie zusammen. Weil sie in einem Staat leben, der Aktivist:innen und regierungskritische Stimmen unterdrückt, müssen sie sich gegenseitig vertrauen können. Sie haben einen Verein namens »Trava« gegründet. Das bedeutet »Gras« und soll dafür stehen, dass sie eine Graswurzelbewegung sind, also eine Initiative von unten. Sie organisieren sich ohne Hierarchie. Projekte und Begegnungen auf Augenhöhe sind ihnen enorm wichtig. Aufgrund der politischen Konflikte zwischen Russland und der Ukraine haben sie 2015 zum Beispiel Skype-Dates zwischen Russ:innen und Ukrainer:innen organisiert, um zu verhindern, dass diese den Kontakt zueinander verlieren. Oder aber sie veranstalten Kitchen Talks, bei denen man über Themen spricht, die ansonsten tabu sind.

Demokratie ist mehr als Wählen gehen und Parteipolitik. Die Öffentlichkeit wird nicht allein von Politiker:innen und Wähler:innen hergestellt, sondern von uns allen. Eine Demokratie ist nur dann lebendig und kann sich nur weiterentwickeln, wenn sich Individuen vernetzen, verbünden und in Gruppen organisieren. »Bildet Banden!«, heißt es in feministischen Kreisen häufig. Was so viel bedeutet wie: Zusammen erreicht man mehr, gibt aufeinander acht und steht füreinander ein. Genau dieses Prinzip macht gemeinsames politisches Handeln aus. Jede Demokratie lebt davon, dass sich Menschen selbst organisieren: in zivilgesellschaftlichen Vereinen, Stiftungen, Gewerkschaften, internationalen Nichtregierungsorganisationen, politischen Bewegungen, sozial- und umweltpolitischen Interessenverbänden, in Freundschaften oder in der Nachbarschaft vor Ort. Was übrigens nicht bedeutet, dass man immer einer Meinung ist. Zur Augenhöhe gehört auch, dass man miteinander streiten kann und sich kritisch auseinandersetzt.

Viele Bürger:innen der demokratischen Stadtstaaten im alten Griechenland waren außerdem Kosmopolit:innen. Das heißt, sie waren überzeugt, »dass wir Pflichten gegenüber anderen Menschen haben, die über die Blutsverwandtschaft und selbst über die eher formalen Bande einer gemeinsamen Staatsbürgerschaft hinausgehen«, schreibt der Philosoph Kwame Anthony Appiah. In Artikel 15 der »Allgemeinen Erklärung der Menschenrechte« steht:

»Jeder hat das Recht auf eine Staatsangehörigkeit.« Auch wer sich für Menschenrechte von geflüchteten und staatenlosen Menschen einsetzt, stärkt die Demokratie und tut das, was für Hannah Arendt politisches Handeln ausmacht. Für sie haben Handeln und Sprechen immer einen Bezug zu anderen Menschen. Erst das gemeinsame Sprechen und Handeln erschafft eine Öffentlichkeit. Unser Handeln und Sprechen finden also nicht einfach in der Öffentlichkeit statt. Wir stellen den öffentlichen Raum selbst her, indem wir miteinander sprechen und gemeinsam handeln.

Er schwitzte. Schweißperlen liefen ihm von der Stirn über die Augen. Er wischte sie mit der Hand und die Hand dann an der Hose ab.

Es kam ihm vor, als würde er schon eine Ewigkeit vor der Tür stehen. Dabei waren eben erst alle aus ihren Klassenzimmern nach draußen gelaufen. Quietschende Sohlen auf dem Steinboden der Flure. Jetzt Stille. Nur das leise Tippen auf einer Tastatur durch die Tür. Louis starrte auf das Schild hinter dem Plexiglas:

ANITA
SCHRÖDER
VERTRAUENS
LEHRERIN

Er hob den Arm, um zu klopfen, ließ ihn wieder sinken. Starrte auf seine geballte Faust. Mach schon, dachte er. Aber er machte gar nichts. Konnte sich nicht rühren. Sein Herz klopfte in seiner Brust, es kam ihm so laut vor, ein Wunder, dass Frau Schröder es nicht hören konnte.

Er dachte an die Chatgruppe. Die Sprüche. Wie Enis schrieb, dass er das echt nicht lustig fände. Die Zettel am Rücken. Die Schubser. Wie Enis sagte, lasst das doch mal. Matteo, der sagte, Enis solle sich nicht so haben, halb so wild. Das Auflauern. Wie Enis bat, hört bitte auf. Die Fotos. Wie Louis zu Matteo sagte, das sei doch wirklich nicht mehr lustig.

Und Matteo: Was ist auf einmal los mit dir? Bist du auch so ne Pussy jetzt? Wie er Enis beim Weinen auf der Toilette gesehen hatte. Enis hatte sofort aufgehört, als Louis reinkam, und ihn nur angeschaut.

Den Blick konnte er nicht mehr vergessen. Er sah nicht ängstlich aus oder wütend. Einfach nur müde. Louis hatte noch nie Augen gesehen, die so müde aussahen.

Er trat von einem Fuß auf den anderen. Drehte sich um. Durchs Fenster konnte er auf der anderen Seite des Schulhofs Matteo sehen. Der hatte seinen Arm um Anna gelegt und grinste breit. Er dachte daran, wie Matteo sagte, echte Freunde geben einander Rückendeckung. Wie im Kampf, verstehst du. Er dachte an die Videos. Wie müde konnten Augen noch werden?

Er drehte sich wieder zur Tür. Atmete heftig aus. Er wischte sich wieder über die Stirn. Die Tür ging auf. Frau Schröder stieß fast mit ihm zusammen.

Huch, Louis, sagte sie. Wolltest du zu mir?

HALLO, ERDE AN LOUIS?

Louis starrte sie an.

Er schüttelte den Kopf.

Nee, sagte er, nee, ich wollte nicht…
Ich steh hier nur.

Sie lachte auf.
Du weißt doch, in der Pause alle raus.
Sie machte eine Handbewegung,
die ihn nach draußen scheuchen sollte.

Ich weiß, sagte er, alles klar.
Ihm wurde übel.

Oder ist was?

Ist nix, ist alles super.
Er drehte sich ruckartig um, strauchelte,
fing sich und lief nach draußen.

FREUND ODER FEIND

KÖNNEN STAATEN BEFREUNDET SEIN?

Um den globalen Gefahren ein konkretes Gesicht zu geben, hat sich eine Gruppe renommierter Wissenschaftler:innen rund um die US-amerikanische Zeitschrift *Bulletin of the Atomic Scientists* eine symbolische Uhr ausgedacht, die sogenannte Weltuntergangsuhr. Seit 1947 gilt sie als Gradmesser dafür, wie sehr die Menschheit vom Aussterben bedroht ist. Sie steht immer irgendwo vor zwölf. »Im Januar 2015 stellte die Zeitschrift *Bulletin of the Atomic Scientists* ihre berühmte Doomsday Clock auf drei Minuten vor zwölf«, schreibt der US-amerikanische Intellektuelle und Philosoph Noam Chomsky in seinem Buch *Wer beherrscht die Welt?*. Da galten noch die wachsende Gefahr eines möglichen Atomkrieges und der Klimawandel als die zwei entscheidenden Faktoren. Seit 2019 steht ihre Weltuntergangsuhr nun auf zwei Minuten vor Mitternacht, zum ersten Mal übrigens in ihrer Geschichte seit 1947. Abgesehen von Atomkrieg und Erderwärmung gilt nun auch die Aushöhlung der Demokratie als eine von drei wahrscheinlichen Ursachen für das Aussterben der Menschheit.

Ob Atomkrieg, Klimawandel oder Aushöhlung der Demokratie, der größte Feind der Menschheit scheint sie selbst zu sein. Was uns zum eigentlichen Thema dieses Kapitels führt, zur Beziehung zwischen Freundschaft und Feindschaft. Aus Freund:innen können Feind:innen werden und aus Feindschaft kann wiederum Freundschaft erwachsen. Manche Forscher:innen behaupten sogar, dass sich jedes politische »Wir« über gemeinsame Feindbilder definiert.

Vielleicht mögen zwei Schüler:innen eine:n Lehrer:in nicht und fühlen sich im gemeinsamen Lästern miteinander verbunden. Oder man definiert sich darüber, dass man bestimmte Musikrichtungen oder Popstars ablehnt und diese zum gemeinsamen »Feindbild« erklärt. Beispiele aus der Politik gibt es dafür natürlich auch genügend. Wer sich zum Beispiel für FFF engagiert, wird sehr wahrscheinlich Politiker:innen zum Feindbild erklären, die sich nicht oder viel zu wenig für Umwelt- und Klimaschutz aussprechen. Auch die Medien spielen gerne mit Feindbildern: Greta-Anhänger:innen versus SUV-Fahrer:innen oder junge, erfolgreiche Influencer:innen versus alte weiße Männer.

In einer Welt, in der es Freundschaften gibt, muss es notwendigerweise auch Feindschaften geben, oder? Eine sehr radikale Antwort auf diese Frage fand der Philosoph und Staatsrechtler Carl Schmitt (1888–1985). Er meinte, dass sogar die gesamte Welt der Politik auf der Unterscheidung zwischen Freund und Feind beruhe. Oder in seinen Worten: »Die spezifisch politische Unterscheidung, auf welche sich die politischen Handlungen und Motive zurückführen lassen, ist die Unterscheidung zwischen Freund und Feind.« Carl Schmitt ist einer der umstrittensten und berüchtigtsten deutschen Staatsrechtler und politischen Philosophen des 20. Jahrhunderts. Ähnlich wie der Philosoph Martin Heidegger engagierte sich Schmitt für die Nationalsozialist:innen und unterstützte die antisemitische und brutale Diktatur der Nazis. Trotzdem wird er bis heute gelesen, nicht nur in Deutschland, sondern weltweit, vor allem in China und den USA. Dort hat die Zahl wissenschaftlicher Publikationen zu Carl Schmitt in den letzten Jahren zugenommen.

Carl Schmitt ist nicht nur für das Freund-Feind-Schema in die Geschichte der Ideen eingegangen. Bekannt geworden ist er auch als Theoretiker des Ausnahmezustands. Laut seiner Theorie dürfen zur Wiederherstellung der staatlichen Ordnung im Notfall alle möglichen Mittel angewendet werden. Das Konzept politischer Freundschaft würde also im Ausnahmezustand auch eine Diktatur rechtfertigen, die den Feind:innen in den eigenen Reihen ebenso wie anderen Ländern den Krieg erklärt.

Warum Schmitts Thesen auch heute noch so populär sind? Vielleicht weil sie einfache Erklärungen anbieten. Mit dem Freund-Feind-Schema lässt sich die politische Welt ganz leicht in zwei Lager einteilen, entweder sind die anderen Freund:innen oder Feind:innen. Paradoxerweise führt die Theorie von Carl Schmitt zur Erkenntnis, dass politische Freundschaft sogar die Ursache von Krieg sein kann. Oder anders ausgedrückt: Die politische Verbrüderung und Freundschaft erhöht im Zweifelsfall sogar die Kriegswahrscheinlichkeit. Denn jedes politische Freundschaftsbündnis kann in letzter Konsequenz zum Krieg gegen diejenigen führen, die nicht Teil des Bündnisses sind.

WIE FREUNDSCHAFTSBÜNDNISSE DAS FREUND-FEIND-SCHEMA BEDIENEN

Ein gutes Beispiel für die Ambivalenz politischer Freundschaftsbündnisse ist die Geschichte der NATO. Als Reaktion auf die zwei zerstörerischen Weltkriege schließen zwölf Staaten Europas und Nordamerikas am 4. April 1949 in Washington den sogenannten Nordatlantikvertrag. Angeführt von den USA, wollen sie sich von nun an in Westeuropa und weltweit für Frieden und Sicherheit einsetzen. Doch schon 1955 kommt es zu einer politischen Gegenreaktion aus dem Osten. Auf Initiative der damaligen Sowjetunion unterschreiben am 14. Mai 1955 die UdSSR, Polen, die Tschechoslowakei, Bulgarien, Ungarn, Rumänien, Albanien und die DDR den sogenannten Warschauer Pakt. Konkreter Wortlaut dieses Paktes ist übrigens *Vertrag über Freundschaft, Zusammenarbeit und gegenseitigen Beistand:* Als Gegengewicht zur NATO und zur aufsteigenden Supermacht USA schafft die Sowjetunion damit eine gemeinsame militärische Organisation der sozialistischen Staaten in Europa. Für die DDR ist die Unterzeichnung des Vertrags ein weiterer Schritt zur Anerkennung und Gleichberechtigung unter den »sozialistischen Bruderstaaten«. Damit stehen sich von nun an zwei befeindete politische Bündnisse gegenüber – und Deutschland ist gleich zwei Mal mittendrin. Während Ostdeutschland die Allianz mit der Sowjetunion eingeht, ist Westdeutschland festes Mitglied der NATO.

Die Zeit zwischen 1945 und 1991 nennt sich Kalter Krieg, weil sich in diesem Zeitraum die politischen Spannungen zwischen den Großmächten USA und Russland immer wieder zuspitzen. In ihrem Kampf um politische Vorherrschaft geht es vor allem um technischen Fortschritt und militärische Stärke. Wer wird es als Erster schaffen, auf dem Mond zu landen? Wer besitzt die größte Streitmacht, die stärksten Atomwaffen und besetzt die strategisch besten Standorte in der Welt? Mit dem Zusammenbruch der Sowjetunion gilt der Kalte Krieg 1991 als beendet. Doch die Spannungen zwischen den beiden Führungsmächten USA und Russland bleiben bestehen und entwickeln sich weiter. Während das Bündnis des Warschauer Paktes zerfällt, expandiert die NATO immer weiter in Richtung Osten. Heute gehören der Nordatlantischen Allianz (NATO) folgende Staaten an: Albanien, Belgien, Bulgarien, Dänemark, Deutschland, Estland, Frankreich, Griechenland, Island, Italien, Kanada, Kroatien, Lettland, Litauen, Luxemburg, Montenegro, Niederlande, Nordmazedonien, Norwegen, Polen, Portugal, Rumänien, die Slowakei, Slowenien, Spanien, die Tschechische Republik, Türkei, Ungarn, Vereinigtes Königreich und die Vereinigten Staaten von Amerika.

Durch die Expansion nach Osten fühlt sich vor allem Russland politisch unter Druck gesetzt und militärisch bedroht. »Die von der Grenze zu Russland ausgehende Kriegsgefahr ist zum großen Teil Resultat der NATO-Erweiterung nach dem Zusammenbruch der

Sowjetunion vor 25 Jahren«, behauptet auch der Philosoph und US-amerikanische Intellektuelle Noam Chomsky. Was wiederum die ambivalente Rolle des Freundschaftsbündnisses NATO auf den Punkt bringt: Einerseits sorgt sie in der westlichen Welt seit über 70 Jahren für so viel Frieden und Stabilität, wie es sie noch nie in den letzten Jahrhunderten gegeben hatte. Andererseits erzeugt sie aber eben auch Feindbilder und ist bis heute immer wieder in Kriege verwickelt. Zum Teil gehen diese Kriege sogar von der Führungsmacht USA und dem Vereinigten Königreich aus. Wie auch immer man die Vergangenheit dreht und interpretiert: Die Wurzeln der heutigen Spannungen zwischen Russland, Europa und den USA reichen bis ins 20. Jahrhundert hinein und haben auch mit der NATO zu tun.

Von Anfang an ging es dem transatlantisch-europäischen Bündnis nicht nur um Frieden. Es ging ebenso um den Schutz und die Verteidigung seiner Mitglieder sowie um die Abgrenzung gegenüber ihren potenziellen Feind:innen. Das »Herzstück der Allianz« nennt die NATO selbst daher auch kollektive Verteidigung, das auf der Seite des Auswärtigen Amtes folgendermaßen definiert wird: »Bei einem Angriff von außen unterstützen sich die NATO-Mitglieder gegenseitig. Entscheidend ist, dass potentielle Angreifer abgeschreckt werden, sodass es gar nicht erst zu einem Verteidigungsfall kommt.« Während es also vor allem um Abschreckung, Krisenprävention und gegenseitige Unterstützung geht, bedeutet der Zusammenschluss der westlichen Staaten auch, dass man sich im Notfall mit den Mitteln des Krieges verteidigt.

Wenn sich also ein Mitgliedsstaat im Krieg mit einem anderen Land befindet, sind die anderen Mitglieder zum Helfen aufgefordert. Es gibt zwar in der NATO die Option, gegen einen Kriegseinsatz ein Veto einzulegen, aber das bedeutet nur, dass man selbst nicht aktiv am Krieg teilnehmen muss. Verhindern kann man den Krieg nicht und im Kriegsfall ist man als Teil des Bündnisses dazu verpflichtet, die Einsätze der Mitglieder zu unterstützen. Weitere

Ziele der NATO sind internationales Krisenmanagement und Stabilisierung, nachdem Konflikte eskaliert sind, wie zum Beispiel in Irak und Kosovo.

TIT FOR TAT ODER WIE STAATEN KOOPERIEREN KÖNNEN

Die Ziele und Aktivitäten der NATO-Staaten konkurrieren heute vor allem mit den Machtansprüchen und Interessen von Russland und China. Auf allen Seiten werden die jeweils anderen Staaten oder Bündnisse mal mehr und mal weniger als Feindbilder inszeniert. Insofern sind die Thesen von Carl Schmitt immer noch aktuell. Das Wort »konkurrieren« zeigt aber bereits, dass das Freund-Feind-Schema von Schmitt zu einfach ist. Es befeuert Schwarz-Weiß-Denken und ignoriert die Tatsache, dass Konkurrenz nicht gleich Feindschaft bedeutet. Auch Freundschaft ist ja nicht unbedingt frei von Konkurrenz. In einer freundschaftlichen Beziehung, sei sie politisch oder privat, kann Konkurrenz ebenso eine Rolle spielen wie Kooperation. Um dem Freund-Feind-Schema entgegenzuwirken, könnten zum Beispiel alle Länder auf der Welt ein gemeinsames politisches Bündnis eingehen. Schon der Physiker und Nobelpreisträger Albert Einstein war ein starker Befürworter einer Weltregierung. Er sah darin sogar eine »absolute Notwendigkeit«. Vor seinen Studierenden soll er 1946 einmal gesagt haben: »Aus diesem Grund muss jede politische Handlung auf internationalem Gebiet von der Überlegung bestimmt sein, ob dadurch die Schaffung einer Weltregierung gefördert oder verhindert wird.«

Denkbar sind aber auch andere Modelle und Lösungen, die auf dem Konzept politischer Freundschaft aufbauen, um für Frieden zu sorgen. Zum Beispiel könnte jede Regierung Mitglied bei den Vereinten Nationen (engl. auch UNO genannt, United Nations Organization) werden und sich zur Umsetzung von deren Zielen verpflichten. Laut Artikel 1 der Charta der Vereinten Nationen gehören diese vier Punkte zu den Hauptaufgaben der Vereinten Nationen: »(1) den Weltfrieden und die internationale Sicherheit zu wahren und zu diesem Zweck wirksame Kollektivmaßnahmen zu treffen, um Bedrohungen des Friedens zu verhüten und zu beseitigen, Angriffshandlungen und andere Friedensbrüche zu unterdrücken und internationale Streitigkeiten oder Situationen, die zu einem Friedensbruch führen könnten, durch friedliche Mittel nach den Grundsätzen der Gerechtigkeit und des Völkerrechts zu bereinigen oder beizulegen; (2) freundschaftliche, auf der Achtung vor dem Grundsatz der Gleichberechtigung und Selbstbestimmung der Völker beruhende Beziehungen zwischen den Nationen zu entwickeln und andere geeignete Maßnahmen zur Festigung des Weltfriedens zu treffen; (3) eine internationale Zusammenarbeit herbeizuführen, um internationale Probleme wirtschaftlicher, sozialer, kultureller und humanitärer Art zu lösen und die Achtung vor den Menschenrechten und Grundfreiheiten für alle ohne Unterschied der Rasse, des Geschlechts, der Sprache oder der Religion zu fördern und zu festigen; (4) ein Mittelpunkt zu sein, in dem die Bemühungen der Nationen zur Verwirklichung dieser gemeinsamen Ziele aufeinander abgestimmt werden.«

Die Charta der Vereinten Nationen ist ein völkerrechtlicher Vertrag und wurde 1945 in San Francisco von über 50 Gründungsmitgliedern unterzeichnet. Inzwischen sind es weltweit über 193 Nationen, die sich aktiv zu den Zielen bekennen. Was jedoch nicht bedeutet, dass sich alle auch praktisch daran halten. Eine der größten Herausforderungen für die Zukunft liegt daher in der Frage, wie sich diese vertraglichen Vereinbarungen noch verbindlicher gestalten und die Ziele sich noch besser erfüllen lassen. Und wie können wir brenzligen Situationen und Konflikten vorbeugen, ehe sie in Feindschaften münden?

Als Grund für politische Feindschaft nennt Carl Schmitt vor allem Werte- und Interessenkonflikte, also zum Beispiel die Frage, welches Wirtschaftssystem das bessere ist und am stärksten wächst. Klassisch stehen sich hier Kapitalismus und Kommunismus gegenüber oder auch Kapitalismus und soziale Marktwirtschaft. In allen Fällen geht es um soziale Gerechtigkeit und um die Frage, welche Rolle sozial benachteiligte Gruppen spielen sollen und mit welchen Mitteln man Armut im eigenen Land bekämpft. Letztlich geht es bei vielen aktuellen Werte- und Interessenkonflikten aber auch um die Frage, wie viel Demokratie die Regierung eines Landes zulässt und wie sie ihre demokratischen Werte auslebt.

Andere Faktoren für politische Konflikte sind die militärische Stärke, die geografischen Grenzen und die Bodenschätze eines Landes. Im internationalen Streit um die Arktis zum Beispiel spielt es keine unwesentliche Rolle, dass dort einige Rohstoffe wie Gold, Gas, Öl, Diamanten, Zink, Eisen, Kupfer, Kohle, Uran oder auch Nickel lagern. Auch im Kolonialismus ging es den europäischen Eroberern ja nicht nur um eine Erweiterung ihrer Landesgrenzen (in Form von gewaltsam eingenommenen Kolonien), sondern auch um wertvolle Bodenschätze wie Gold. Eine weitere Ursache für internationale Konflikte liegt im Ringen um die größte Atommacht: Wer darf eigentlich Atomwaffen herstellen, besitzen und aufrüsten – wer ist nicht dazu berechtigt? Und wer darf wo und in welchem Land Truppen stationieren und Verteidigungsstützpunkte errichten? In all diesen Fragen und Punkten kann Konkurrenz jederzeit in Feindschaft umkippen. Umgekehrt können sich befeindete Länder aber auch anfreunden.

Nehmen wir zum Beispiel die Geschichte Europas und die Gründung der Europäischen Union. Über viele Jahrhunderte gab es Konflikte und kriegerische Auseinandersetzungen zwischen verschiedenen europäischen Staaten. Besondere politische Feindschaft bestand vor allem zwischen den Briten und den Franzosen, ebenso zwischen den Deutschen und den Franzosen. Eine der wichtigsten

Ursachen für die Konflikte lag im Streben nach einer politischen, militärischen und wirtschaftlichen Vormachtstellung innerhalb Europas. Die Feindschaft zwischen Frankreich und Deutschland war besonders stark ausgeprägt und wurde in der Vergangenheit auch »Erbfeindschaft« genannt.

1952 wurde mit der Gründung der Europäischen Gemeinschaft für Kohle und Stahl (EGKS) der Grundstein der heutigen EU gelegt. Es waren damals nur sechs Gründerstaaten, nämlich Frankreich, Deutschland, Belgien, Niederlande, Luxemburg und Italien. Erst nach und nach hat sich die heutige Europäische Union zunächst zu einer Wirtschaftsgemeinschaft und dann immer mehr zu einer politischen Gemeinschaft entwickelt. Seit 1999 gibt es für einige Mitgliedsstaaten der EU sogar eine eigene Währung. Der Euro ist die offizielle Währung von aktuell neun der 27 Mitgliedsländer der Europäischen Union. Diese Länder bilden den Euro-Raum oder die Euro-Zone, offiziell als »Euro-Währungsgebiet« bezeichnet. Während alle 27 Mitgliedsländer der Europäischen Union Teil der Wirtschafts- und Währungsunion (WWU) sind und ihre Wirtschaftspolitik auf die wirtschaftlichen Ziele der EU abstimmen, ist der Euro nicht verpflichtend. Man kann auch Teil der EU sein und die eigene Währung behalten, wie zum Beispiel Polen, Ungarn und Schweden. Rund 341 Millionen Menschen benutzen ihn täglich und machen den Euro damit zur weltweit am zweithäufigsten verwendeten Währung.

Zusammen mit der Nordatlantischen Allianz (NATO) ist die Europäische Union einer der maßgeblichen Garanten für Frieden und politische Zusammengehörigkeit in Europa. Vor allem die deutsch-französische Freundschaft gilt als außergewöhnliches Erfolgsmodell, weil aus einer jahrhundertealten Feindschaft eine politische und kulturelle Freundschaft zwischen zwei Ländern entstanden ist. Nicht zuletzt gilt die deutsch-französische Freundschaft als wichtigste Grundlage für die Zukunft der gesamten EU, weil Deutschland und Frankreich die bevölkerungsreichsten und wirtschaftlich stärksten Staaten sind. Eine erneute Feindschaft der beiden Länder hätte wahrscheinlich ernsthafte Konsequenzen für den Fortbestand der Europäischen Union.

Ein wichtiges Prinzip für kooperative Zusammenarbeit ist ähnlich einfach wie das Freund-Feind-Schema und heißt *Tit for Tat*. Entdeckt hat es der amerikanische Politikwissenschaftler und Mathematiker Robert Axelrod, als er verschiedene Computerprogramme gegeneinander antreten ließ. Dabei gelangte er zu einer erstaunlichen Erkenntnis. Die Versuchsanordnung ist schnell erklärt: Jedes Computerprogramm wendet beim Verfolgen der eigenen Interessen und Ziele eine andere Strategie an. Einige kooperieren permanent, andere kooperieren nur unregelmäßig oder gar nicht. Und wieder andere versuchen ihr Gegenüber auszutricksen. Am Ende hat sich eine Strategie als erfolgreichste herausgestellt, die sich *Tit for Tat* nennt oder *Wie du mir, so ich dir*. Ihr Prinzip ist ziemlich einfach: Im ersten Schritt zeigt man sich kooperativ und in allen folgenden Schritten kopiert man das Verhalten des anderen. Steigt das Gegenüber auf das Angebot der Zusammenarbeit ein, tut man es auch wieder. Verhält es sich unkooperativ, kooperiert man im nächsten Zug ebenfalls nicht.

In seinem Buch *Die Evolution der Kooperation* hat Robert Axelrod diese sehr einfache Strategie vorgestellt und erklärt, was sie so erfolgreich macht. In den Wissenschaften galt Tit for Tat lange Zeit als Beweis dafür, dass man mit Kooperation langfristig erfolgreicher ist. Interessanterweise findet man diese Strategie nicht nur in der Theorie der rationalen Entscheidung, sondern auch in der Tierwelt. Die Tit-for-Tat-Strategie erklärt nämlich, warum nicht verwandte Tiere ihre Beute miteinander teilen und warum manche Tierarten bereit sind, mit ihren Artgenoss:innen zu kooperieren. So lassen Schimpansen und Bonobos auch andere Gruppenmitglieder an ihren Leckerbissen teilhaben. Laut Untersuchungen teilen Schimpans:innen zum Beispiel ihre Beute mit anderen, weil sie annehmen, dass diese das nächste Mal ihre Beute ebenfalls teilen oder ihnen eine andere Gefälligkeit erweisen werden. Ihre Lieblingsnahrung wiederum teilen Schimpans:innen fast ausschließlich mit ihren Freund:innen.

Das Vorgehen der erfolgreichen Computerprogramme hat auch zwei typische Eigenschaften von Menschen sichtbar gemacht: Erstens sind die meisten Menschen grundsätzlich kooperativ und zweitens lässt sich niemand gern übers Ohr hauen oder ausnutzen. Dieses »Wie du mir, so ich dir«-Prinzip hat sich im Laufe der Evolution tief in unsere menschliche Natur eingeprägt. Es ist wie ein natürlicher Reflex in uns, der im Zusammenleben zwei grundlegende Tendenzen verfolgt: Wir belohnen Kooperation und bestrafen, wenn andere nur ihren Vorteil suchen. Wir tun das, indem wir großzügige oder zugewandte Menschen unterstützen oder indem wir diejenigen ausgrenzen und bestrafen, die uns oder andere ausgenutzt haben.

NICHT ALLE KOOPERIEREN

Was für Menschen, Computerprogramme und Tiere gilt, könnte auch eine gute Strategie für die politische Freundschaft zwischen Staaten sein. Als Bedingung müsste man allerdings erst einmal alle Staaten dazu bringen, sich im ersten Schritt kooperativ zu zeigen.

Ungefähr 30 Jahre nach dem Versuchsaufbau von Robert Axelrod stellen die US-amerikanischen Wissenschaftler und Spieltheoretiker William H. Press und Freeman J. Dyson den langfristigen Erfolg der Tit-for-Tat-Strategie infrage. In einer Veröffentlichung aus dem Jahr 2012 behaupten sie, dass eine andere Strategie unter Umständen noch erfolgreicher ist. In ihrem Computerturnier konnten die sogenannten »Extortioners« (Erpresser:innen) ihre Ziele am besten durchsetzen. Warum? Die Erpresser:innen profitieren davon, dass alle anderen kooperieren wollen. Auch als Erpresser:in kooperiert man immer wieder, haut seine Partner:innen aber zwischendurch übers Ohr, indem man sie erpresst und ausbeutet. Für die gewaltfreien Tit-for-Tat-Spieler:innen scheint »gegen einen solchen Spieler langfristig die beste Antwort, die Erpressung zu akzeptieren«, fassen Press und Dyson ihre Studienergebnisse zusammen. Denn sie wollen ja weiterhin kooperieren und einen friedvollen Umgang miteinander. Die einzige Alternative zur Akzeptanz wäre, die Kooperation aufzugeben und damit eigene Verluste hinzunehmen. Die Erpresser:innen hingegen legen es immer wieder darauf an, die Situation eskalieren zu lassen. Denn sie wissen genau, dass sie damit erfolgreich sind. Tatsächlich erwies sich in vielen Computerturnieren immer wieder die Extortioner-Strategie auch langfristig als die dominierende.

Beispiele für kompromisslose Erpresser-Strategien unter eigentlich kooperierenden Staaten gibt es viele: Die Aufkündigung des Klimavertrags durch Donald Trump, obwohl sich die USA ansonsten an ihre internationalen Verpflichtungen halten. Wladimir Putins Angriffskrieg gegen die Ukraine, während er weiterhin Gas liefert und sich für diplomatische Lösungen zumindest gesprächsbereit zeigt. Aber auch innerhalb der demokratischen EU-Staatengemeinschaft kommt die Erpresser-Strategie vor, wenn beispielsweise in Polen und Ungarn die unabhängige Justiz ausgehebelt wird, obwohl diese Länder sonst weiterhin normal in der EU mitarbeiten.

Solange diejenigen, die kooperieren, die Mehrheit darstellen, haben die Erpresser:innen und Ausbeuter:innen die besseren Chancen. Erst ab einem Anteil von circa 40 Prozent »Extortionern« lohnt sich diese Strategie nicht mehr, weil dann vor allem Erpresser:innen gegen Erpresser:innen spielen. Das wiederum führt dann häufig dazu, dass niemand mehr profitiert und alle verlieren. Gegen eine Gruppe von vielen Tit-for-Tat-Spieler:innen scheinen Kompromisslosigkeit und Erpressung aber langfristig noch vorteilhafter zu sein als gegenseitige Kooperation. Auf die Politik angewendet, ergeben sich daraus ein gemischtes Bild und einige überraschende Erkenntnisse.

Die Forscher Manfred Milinski und Christian Hilbe vom Max-Planck-Institut für Evolutionsbiologie in Plön haben die Erpresser-Strategie noch einmal in eigenen Experimenten mit Menschen untersucht. So fanden sie heraus, dass Erpresser:innen häufiger zu Repräsentant:innen gewählt werden als kooperierende Personen. Was wiederum im Umkehrschluss bedeutet: Autokrat:innen, Dikator:innen und autoritäre Herrscher:innen werden nicht nur gewählt, weil sie die Medien manipulieren und Fake News verbreiten, sondern weil manche Wähler:innen generell dazu neigen, ihren Staat lieber durch kompromisslose Erpresser:innen vertreten zu lassen.

Außerdem fanden Milinski und Hilbe heraus, dass circa 40 Prozent ihrer Proband:innen die Erpresser-Strategie anwandten. Auch im Alltag sind wir also häufiger damit konfrontiert, als wir vielleicht meinen. Und möglicherweise gehören auch wir selbst manchmal zu denjenigen, die andere erpressen und zum eigenen Vorteil ausnutzen. Vielleicht müssen wir unseren allgemeinen Konsens relativieren, dass Kooperation am Ende und langfristig immer gewinnt. In jedem Fall sollten wir aber unseren Umgang mit Erpresser:innen hinterfragen und überprüfen, ob uns ständiges Kooperieren unserem Ziel wirklich näher bringt. Es ist zumindest nicht gesichert oder garantiert, dass wir das Verhalten von Erpresser:innen durch Kooperation und Tit for Tat zum Positiven beeinflussen können.

In Europa herrscht seit über 70 Jahren überwiegend Frieden und die Anzahl der miteinander kooperierenden Staaten nimmt seit Jahren zu. Gleichzeitig erleben wir einige Kriege um Europa herum, seit den 1990er-Jahren auch wieder verstärkt in Europa. Vielleicht waren die eher friedlichen Zeiten der Vergangenheit ja nur eine Ausnahme, und wir haben vergessen, dass die Regel nicht nur Kooperation ist, sondern auch ein nie endender Kampf gegen erpresserisches, nicht kooperatives Verhalten? In jedem Fall ist eine Welt ohne Freund-Feind-Schema wohl kaum vorstellbar. Eine Welt ohne Kooperation und Freundschaft aber noch viel weniger.

Hart.

Ich kann nicht glauben, dass sie ihn geholt haben. Das ist es, was ich jeden Morgen als Erstes denke: Ich kann es nicht glauben. Ich kann es nicht glauben, wenn ich zur Schule gehe. Wenn ich im Klassenzimmer den Platz sehe, an dem er gesessen hätte. Wenn ich in der Cafeteria vor den Schokomuffins stehe, die er so gerne mochte. Wenn ich mich durch Physik quäle und weiß, dass er alles kapiert und mir alles erklärt hätte. Wenn ich nachmittags zum Basketballplatz gehe und er nicht da ist, um Körbe mit mir zu werfen. Er war so einer, von dem man sagt, dass er zu klein ist für Basketball. Was lustig ist, weil sein Name der Große bedeutet. Aber er war verdammt flink, ein Sprinter. Ehrlich gesagt gehe ich nur noch selten zum Basketballplatz. Ich hab keinen Bock mehr drauf. Ich hab auf ziemlich viele Sachen keinen Bock mehr. Meine Mutter sagt, das Leben ginge weiter. Müsse weitergehen. Ich frage mich manchmal, was, wenn nicht? Ich meine, würde es was helfen, ich würde mich auf der Stelle auf die Straße legen und einfach nicht mehr aufstehen? Würden sie ihn dann wiederbringen? Ich weiß schon, was die Antwort ist: Nein. Weil es ihnen scheißegal ist. Total komplett scheißegal. Das habe ich gelernt in der letzten Zeit. Und dass das Leben sowieso weitergeht. Ob man will oder nicht. Man hat nichts zu melden. Weder beim Leben noch bei denen, die die Entscheidungen treffen. Wir haben ja protestiert. Demos veranstaltet. Die Zeitung war da und hat berichtet. Ich will nicht anfangen mit so einem Scheiß, dass er ein guter Schüler war und zu allen nett und so. Er ist ein Mensch. So wie du und ich und alle anderen. Und ja, vielleicht ein besonders netter. Find ich zumindest. Aber darum geht's nicht. Wenn hier nur Menschen leben dürfen, die immer vorbildlich sind und funktionieren wie Roboter, na ja, dann wäre es ziemlich leer hier, oder? Jedenfalls, er ist mein Freund. Und selbst, wenn er's nicht wäre, hätte er hierbleiben dürfen müssen. Seine

Familie hatte sogar eine Anwältin. Aber alles, was die gesagt hat, war dem Gericht egal. Dass seine Familie hier ein Leben hat. So mit Jobs und Hobbys und Freunden und Freundinnen. Dass es viel zu gefährlich ist, da, wo sie hergekommen sind. Sonst wären sie ja gar nicht hergekommen. Ich verstehe nicht, wie man das nicht kapieren kann. Was ist daran so schwer zu verstehen? Nichts eigentlich. Außer man will es nicht verstehen. Ich glaube, die Leute wollten das nicht verstehen. Die wollten das nicht verstehen, weil das Arschlöcher sind. Meine Mutter sagt, das ist alles nicht so einfach. Ich sage: doch. Das ist es. Manche Sachen sind ganz einfach. Man redet sich vielleicht ein, dass sie das nicht sind. Weil es einem dann nicht so hart vorkommt. Aber es ist hart. Ich mein, die sind einfach nachts in die Wohnung seiner Familie marschiert. Stell dir vor, es klopft mitten in der Nacht, draußen steht die Polizei und dann heißt es: Sachen packen, wir schmeißen Sie jetzt aus dem Land. So war das. Sie mussten ihre Sachen packen und wurden in den Flieger gesetzt und Tschüss. Um fünf Uhr morgens hat er in die Klassengruppen geschrieben, was los ist und dass er uns nie vergessen wird.

Bücher

Alfred Adler *Wozu leben wir?, Frankfurt am Main 1979*

Kwame Anthony Appiah *Der Kosmopolit. Philosophie des Weltbürgertums, München 2009*

Hannah Arendt *Vita activa oder Vom tätigen Leben, München 2002 + Was ist Politik?, München 1993 + Vom Leben des Geistes. Das Denken. Das Wollen, München 1998 + Freundschaft in finsteren Zeiten. Gedanken zu Lessing, Berlin 2018*

Aristoteles *Nikomachische Ethik, Reinbek 2006 + Eudemische Ethik, Berlin 1984*

Robert Axelrod *Die Evolution der Kooperation, Oldenburg 1987*

Mary Beard *Frauen und Macht, Frankfurt am Main 2018*

Pierre Bourdieu *Die feinen Unterschiede. Kritik der gesellschaftlichen Urteilskraft, Frankfurt am Main 1987*

Martin Buber *Ich und Du, Leipzig 1995*

Dale Carnegie *Wie man Freunde gewinnt. Die Kunst, beliebt und einflussreich zu werden, Frankfurt am Main 2011*

Noam Chomsky *Wer beherrscht die Welt? Die globalen Verwerfungen der amerikanischen Politik, Berlin 2016 + Rebellion oder Untergang! Ein Aufruf zu globalem Ungehorsam zur Rettung unserer Zivilisation, Frankfurt am Main 2021*

Jacques Derrida *Politik der Freundschaft, Frankfurt am Main 2002*

Aladin El-Mafaalani *Das Integrationsparadox. Warum gelungene Integration zu mehr Konflikten führt, Köln 2020*

Epikur *Philosophie des Glücks, München 2006 + Philosophie der Freude, Frankfurt am Main / Leipzig 1988*

Michel Foucault *Die Geburt der Biopolitik. Geschichte der Gouvernementalität II, Frankfurt am Main 2006 + Der Mensch ist ein Erfahrungstier. Gespräch mit Ducio Trumbadori, Frankfurt am Main 1996*

René Girard *Gewalt und Religion. Gespräche mit Wolfgang Palaver, Berlin 2010*

Jürgen Habermas *Faktizität und Geltung. Beiträge zur Diskurstheorie des Rechts und des demokratischen Rechtsstaats, Frankfurt am Main 1992 + Theorie des kommunikativen Handelns, Band I u. II, Frankfurt am Main 1981 + Moralbewusstsein und kommunikatives Handeln, Frankfurt am Main 1983 + Strukturwandel der Öffentlichkeit. Untersuchungen zu einer Kategorie der bürgerlichen Gesellschaft, Frankfurt am Main 1962*

Stuart Hall *Populismus, Hegemonie, Globalisierung. Ausgewählte Schriften 5, Hamburg 2014*

Byung-Chul Han *Infokratie. Digitalisierung und die Krise der Demokratie, Berlin 2021*

Yuval Noah Harari *Home Deus. Eine Geschichte von morgen, München 2017 + 21 Lektionen für das 21. Jahrhundert, München 2018*

William James *Pragmatismus und radikaler Empirismus, Frankfurt am Main 2006*

Diana Kinnert und Marc Bielefeld *Die neue Einsamkeit. Und wie wir sie als Gesellschaft überwinden können, Hamburg 2021*

Michel de Montaigne *Von der Freundschaft, München 2005 + Über die Einsamkeit. In: Michel de Montaigne, Essais, Ditzingen 1969*

Ned O'Gorman *Politik für alle. Hannah Arendt lesen in unsicheren Zeiten, München 2021*

Ayn Rand *Der Streik, München 2012*

Emilia Zenzile Roig *Why We Matter. Das Ende der Unterdrückung, Berlin 2021*

Ina Schmidt *Auf die Freundschaft. Eine philosophische Begegnung oder Was Menschen zu Freunden macht, München 2014*

Carl Schmitt *Der Begriff des Politischen. Text von 1932 mit einem Vorwort und drei Corollarien, Berlin 2015*

Janosch Schobin/ Vincent Leuschner/ Sabine Flick/ Erika Alleweldt/ Eric Anton Heuser/ Agnes Brandt *Freundschaft Heute. Einführung in die Freundschaftssoziologie, Bielefeld 2016*

Daniel Schreiber *Allein, München 2021*

Richard Sennett *Der flexible Mensch. Die Kultur des neuen Kapitalismus, München 2000*

Georg Simmel *Soziologie. Untersuchungen über die Formen der Vergesellschaftung, Frankfurt am Main 1992 + Gesamtausgabe in 24 Bänden, Frankfurt am Main 1989*

Valentina Vapaux *Generation Z. Zwischen Selbstverwirklichung, Insta-Einsamkeit und der Hoffnung auf eine bessere Welt, München 2021*

QUELLEN

Wissenschaftliche Aufsätze

William H. Press/Freeman J. Dyson *»Iterated Prisoner's Dilemma contains strategies that dominate any evolutionary opponent«. In: PNAS (Proceedings of the National Academy of Sciences of the United States of America), Washington, D.C. 2012*

Friedrich Tenbruck *»Freundschaft. Ein Beitrag zu einer Soziologie der persönlichen Beziehungen«. In: Kölner Zeitschrift für Soziologie und Sozialpsychologie, Köln 1964*

Journalistische Beiträge / Magazine

Nik Afanasjew *»Druschba. In autoritären Staaten sind Freunde noch wichtiger als eh schon«. In: fluter. Manchmal bist du ein richtiger Arsch. Freundschaft, Nr. 73, Winter 2019–2020*

Johannes Böhme *»Die große Freiheit der Superstars. Läutet die Creator Economy eine goldene Zeit kreativer Arbeit ein? Ein Realitäts-Check«. In: brand eins. Creator Economy – der Traum von der Selbstverwirklichung im Netz, Heft 03, März 2022*

Anna Friedrich *»Die Aktivistin aus dem Silicon Valley. Li Jin ist der Star der Creator Economy Bewegung. Mit Worten und Risikokapital kämpft sie für die Rechte von Online-Publizisten«. In: brand eins. Creator Economy – der Traum von der Selbstverwirklichung im Netz, Heft 03, März 2022*

Lukas Hermsmeier *»Hey, buddy. Wie ein Banker mithilfe seiner Freunde Weltpolitik machte«. In: fluter. Manchmal bist du ein richtiger Arsch. Freundschaft, Nr. 73, Winter 2019–2020*

Volker Müller-Benedict *»Experimentelle Wissenschaft. Erpressung oder Kooperation«. In: taz vom 25.02.2022 (https//taz.de/Experimentelle-Wissenschaft/!5834234/; zuletzt aufgerufen am 22.03.2022)*

Michael Radunski *»Du hast gerade das Gesetz gebrochen. China nutzt Daten, um die Bürger gefügig zu machen«. In: fluter. Was gibst du preis? Thema Daten, Nr. 68, Herbst 2018*

Sendungen

René Girard *zitiert aus »Sternstunde Philosophie« Die geheimen Vordenker des Silicon Valley. Adrian Daub im Gespräch mit Wolfram Eilenberger, SRF-Sendung vom 29.08.2021 (zuletzt aufgerufen am 22.3.2022) https//www.srf.ch/play/tv/sternstunde-philosophie/video/adrian-daub---die-geheimen-vordenker-des-silicon-valley?urn=urnsrfvideoffa89a05-9cf3-42c0-9c11-bb6ee552*

Schriften

Acumin *Robert Slimbach/Adobe Originals, Adobe Fonts*
Apple Color Emoji *Various, Apple*
Arial *Robin Nicholas und Patricia Saunders, Apple*
Brandon Grotesque *Hannes von Döhren/HVD Fonts, Adobe Fonts*
Campaign *Mark Caneso/ps Type, Adobe Fonts*
Carosello *UnioCS, www.elements.envato.com*
Conté Script Reduced *Ingo Zimmermann, www.fontmeme.com*
DIN Condensed *Manvel Shmavonyan und Tagir Safayev/Paratype*
Elido *Sibylle Hagmann/Kontour, Adobe Fonts*
Hey November *Khurasan, www.cufonfonts.com*
Macho *Michał Jarocińsk/Capitalics, Adobe Fonts*
Poolriders *guerillacraft, www.elements.envato.com*
Post *Javier Guaschetti, www.behance.com*
Roc Grotesk *Nikola Kostić und Zoran Kostić/Kostic Type Foundry, Adobe Fonts*
Skolar Sans *David Březina und Sláva Jevčinová/ Rosetta Font Factory, Adobe Fonts*
Tuck Shop *Simon Stratford, www.elements.envato.com*

Weitere Gestaltungselemente

von www.unsplash.com / www.elements.envato.com / www.pixelbuddha.com

GEDANKLICH DURCHSTEIGEN,

Jörg Bernardy

Ich glaube, es hackt!
Leben in Zeiten von Tabubrüchen

Beltz & Gelberg (75590)
Gebunden, 174 Seiten

»Er [Jörg Bernardy] begibt sich mitten hinein ins Getümmel der aktuellen medialen Diskussionen um Wahrheit und Lüge, um Hass und gezielte Provokation, und damit auf Augenhöhe mit seinen jugendlichen Leserinnen und Lesern.«
Hubert Filser, Süddeutsche Zeitung, 4.6.2021

KINSHIP
KONKURRENZ
SPIEL
GEISTIGE
INTEGRITÄT
KORRU
SCHAFT
GETEILTES
GETEILT
KOLLEKTIV
VEREIN
TEAM
VERT
SAFE SPACE
VERWANDTSCHAFT
BFF
ALLEINSEIN
KEIN
ARTIGKEIT
ALLEIN
SCHAFT
GEMEINSCHAFT
MUS